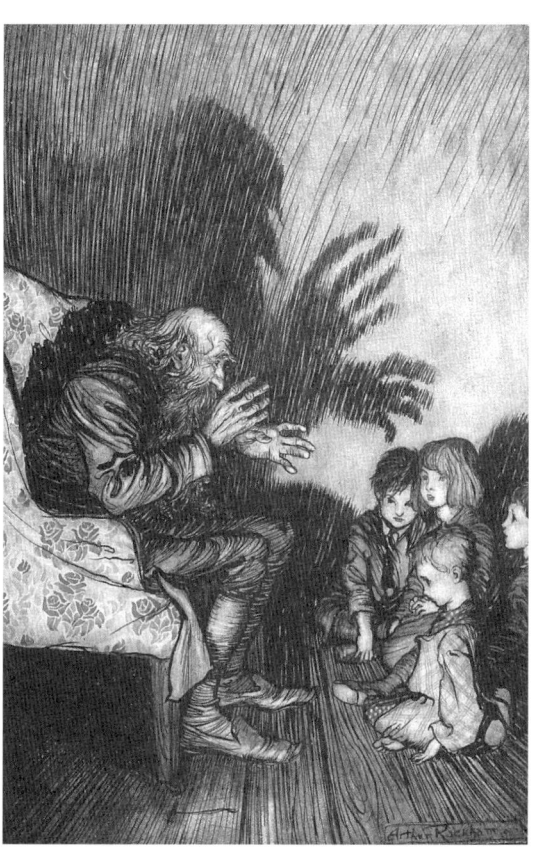

PLOT

플롯:

이야기의 기술

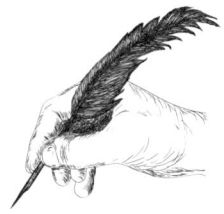

에이미 존스 지음

안지아 옮김

딕록

다아시, 오티스, 오브리, 엘리엇, 루이스
내 영원한 친구 그리고 조카들에게

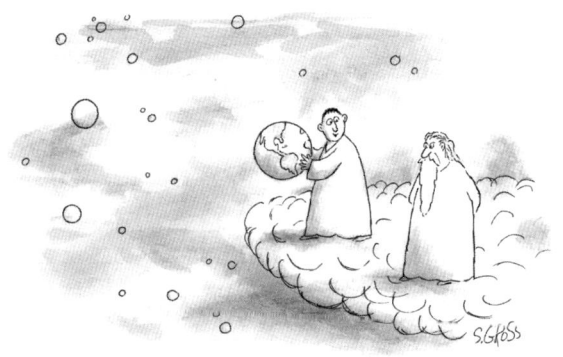

"이 푸르고 창백한 이야기는 어디에 두는 것이 적절할까요?"

일러두기

- 본문에서 언급되는 도서 및 작품명 중 한국어판으로 출간되지 않은 경우, 원제목과
  번역명을 함께 적어 표시했습니다(최초 언급 시).
- 작품의 제목은 가장 최신 한국어판 제목을 그대로 따랐지만, 작품의 내용은 새롭게
  번역하였습니다.
- 책 제목은 『』, 영화와 TV쇼, 뮤지컬 등의 작품 제목은 「」로 표기했습니다.
- 주석은 모두 옮긴이 주입니다.

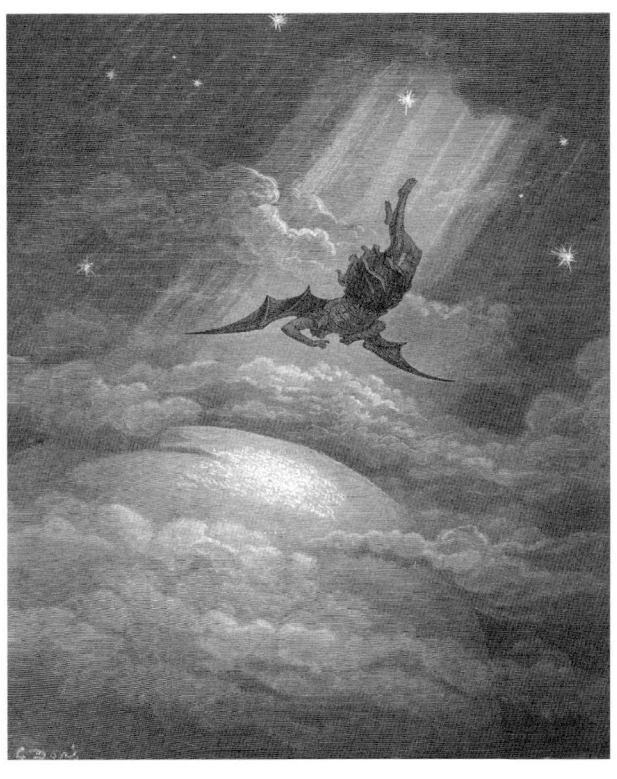

들어가며

훌륭한 이야기는 모두 어떤 아이디어가 싹트면서 시작된다. 다듬어지지 않은 원석 같은 첫 아이디어는 산책 중 기억을 되짚다가, 기차에서 사람들의 말다툼을 듣다가, 꿈에서 본 이미지로서… 불쑥 떠오르기 마련이다. 이 책은 작가를 꿈꾸는 자들을 돕는데 목적이 있다. 참신한 첫 아이디어를 잘 구조화해서 한 편의 작품으로 발전시킬 수 있도록 말이다.

스토리텔링에는 두 가지 기본 요소가 있다. 하나는 이야기의 플롯과 틀을 아우르는 **구조**, 다른 하나는 이야기를 전달하는 **방법**이다. 이 책은 둘 중 **구조**를 다룬다.

가장 먼저 모든 이야기에 적용되는 플롯의 이론을 살펴보고, 희곡 및 시나리오를 위한 모범 플롯을 분석한다. 그다음은 기본 플롯을 알아본다(기본 플롯이란 오랜 세월 활용되어 믿고 쓸 수 있는 플롯을 말한다). 이어서 플롯의 시간 순서를 자유자재로 조정해 극적 효과를 내는 방법을 살펴본다. 마지막으로는 시작과 결말을 위한 몇 가지 실전 팁을 나눌 것이다.

인류는 항상 이야기꾼을 필요로 했다. 선사시대의 동굴 벽화, 구전되어 온 호주 원주민의 창조 신화, 기록으로 전해진 『길가메시 서사시』만 보더라도 이를 알 수 있다. 더 나아가 아프리카의 그리오(griot), 튀르키예의 아쉬크(ashik), 유럽의 바드(bard) 같은 음유시인들도 언제나 음악에 옛이야기를 담아서 전했다. 여러 사건을 쭉 늘어놓는다고 이야기가 만들어지지는 않는다. 세상에는 시공간을 초월하는 시각적이고 본능적인 짤막한 이야기도 있기 때문이다. 먼 나라의 오래된 설화를 보면 사건의 순서가 생소하게 흘러가서 어딘가 이상하고 아귀가 안 맞는 느낌이 들기도 한다. 작가로서 본인만의 스타일을 개발하고 있다면 어떤 이야기에서든 배울 점을 찾아야 한다. 그래야 무수히 많은 스토리텔링 기법의 좋은 점을 제대로 알아볼 수 있다.

이 책은 어쩌면 관습적인 문학 작품 구조에 집중하지만 무조건 그 구조를 따를 필요는 없다. 배울 점을 찾아 최대한 내 것으로 만든 다음 그냥 펜을 들어 쓰면 된다.

자, 준비됐는가?

인물 중심 혹은 사건 중심
플롯 구성의 첫 단계

어떤 이야기를 쓸지 처음 아이디어가 싹 텄다면, 일단 한두 문장으로 플롯의 중심 내용을 간단히 정리한다. 그 후 플롯에서 가장 설득력 있는 부분, 가장 발전시키고 싶은 부분 등을 고민해 본다. 이때 인물 중심 플롯과 사건 중심 플롯 중 무엇을 선택하면 좋을지 스스로 질문해 봐야 한다. 미국의 전설적인 시나리오 작가 겸 극 이론가 시드 필드(Syd Field)는 이렇게 말했다. "모든 극에는 갈등이 있어야 한다… 인물이 사건을 이끌어가거나, 사건이 인물을 이끌어간다."

인물 중심 플롯은 주인공의 성장에 집중한다. 인물의 성장은 전반적으로 평범한 환경에서 이루어지기도 하고, 그렇지 않기도 하다. 이러한 교양 소설의 대표적인 예가 샬

럿 브론테의 『제인 에어』다. 교양 소설은 영어로 빌둥즈로만(Bildungsroman)이라고 하는데, 이는 원래 독일에서 온 단어다. 독일어에서 교육을 뜻하는 빌둥(Bildung)과 소설을 뜻하는 로만(Roman)을 합친 합성어다. 성장 소설이라 일컫기도 하는 이 문학 장르 빌둥즈로만은 어린 주인공이 어른으로 자라며 심리적, 도덕적으로 성장하는 과정을 따라간다.

제롬 데이비드 샐린저의 『호밀밭의 파수꾼』과 알베르 까뮈의 『이방인』도 인물 중심 플롯의 훌륭한 사례. 두 책은 무언가에 관한 주인공의 의견과 반응, 요컨대 주인공의 정체성을 따라 서사가 흘러간다. 알베르 까뮈는 이렇게 말했다. "어머니의 장례식에서 구슬피 울지 않는 사람은 누구든 우리 사회에서 사형 선고를 당할 위험이 있다… 오래전에 이런 이야기로 『이방인』을 정리한 적이 있다. 내가 봐도 터무니없는 말이다. 그냥

『이방인』의 주인공이 보통 사람과 다르게 눈물을 보이지 않아 비난당했다는 의미였다."

사건 중심 플롯에서는 주인공이 사건을 따라 흘러간다. 이를테면 이런 것이다.

"박물관에서 살인 사건이 벌어진 후, 두 학자는 큰 파장을 몰고 올 비밀을 둘러싼 비밀 결사단과 교회의 싸움에 휘말리게 된다. (댄 브라운, 『다빈치 코드』 중에서)"

사건 중심 플롯의 또 다른 예로 이언 매큐언의 『견딜 수 없는 사랑』이 있다. 주인공은 아주 기묘한 열기구 사고로 나중에 자신의 스토커가 될 한 인물을 마주친다. 이 사고는 앞으로 주인공에게 일어날 불길한 사건을 암시한다. "우리는 로건이 줄 아래로 미끄러지는 모습을 지켜봤다. 점점 가속도가 붙었다. 육신이나 용기, 다정함을 위한 너그러움, 자비는 없었다. 오로지 가차 없는 중력뿐이었다. 누구지? 로건이었을까? 아니면 변변찮은 까마귀? 가라앉은 공기 사이로 가느다란 비명이 꽥 터져 나왔다. 로건은 줄에 매달려 있던 자세 그대로 추락했다. 딱딱하게 굳은 작고 까만 막대기 같았다. 그렇게 추락하는 사람만큼 끔찍한 것은 단 한 번도 본 적이 없었다. (이언 매큐언, 『견딜 수 없는 사랑』 중에서)"

사건 중심 플롯은 대개 전개 속도가 빨라서 자연스럽게 독자의 몰입을 끌어낸다. 대부분 시작하자마자 앞뒤 설명 없이 사건이 벌어져서 독자가 눈 깜짝할 새 그 속으로 빠져들게 된다. 이는 인 미디어 레스(in mdeia res)라는 기법으로, 본문 98쪽에서 자세히 다루겠다.

여기까지 왔다면 이제 간단히 개요를 작성할 차례다. 우선 중심인물들과 서로의 관계를 대강 구상한다. 그러고 나서 이야기의 주요 플롯 포인트 먼저 확실히 정한다. 울타리를 칠 때 일단 말뚝부터 박는 것과 같다. 이후 말뚝 사이를 줄로 잇는다고 생각하며 서사를 쓰면 된다. 그렇지만 아직은 시간 순서를 뒤섞거나 흥미로운 언어를 쓰는 등 서사 기법에 집중할 때는 아니다. 개요는 글을 쓰다가 길을 잃고 헤맬 때 다시 보며 참고하면 좋다. 분량도 두 페이지면 충분하다.

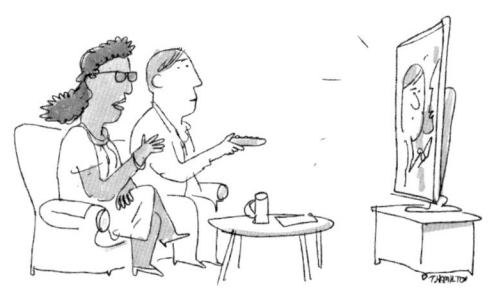

"이 드라마는 반전이 있었나, 없었나? 생각이 안 나네."

시작, 중간, 끝
아리스토텔레스의 3막 구조

　플롯이라는 세계를 더 깊이 탐구할 수 있도록 그 기원을 살펴보자. 그리스 철학자 아리스토텔레스(기원전 384~322)는 저서 『시학』에 비극(tragedy), 희극(comedy), 사티로스극(satyr play)을 위한 서정시와 서사시 쓰는 방법을 풀어놓았다. 이렇게 희곡 형태로 쓰는 시를 **극시**(dramatic poetry)라고 부른다.

　아리스토텔레스는 플롯의 핵심이 인과관계라고 주장한다. 하나의 사건이 다른 사건으로 이어질 때 원인과 결과가 명확해야 한다는 의미다. "한 편의 온전한 이야기는 시작과 중간, 끝으로 이뤄진다." 아리스토텔레스는 이 유명한 구절로 3막 구조를 깔끔하게 설명했다. 3막 구조는 오늘날에도 서구권에서 플롯의 토대로 많이 활용되고 있다.

　『시학』에서는 좋은 이야기를 매듭에 비

유하며 플롯에서 가장 중요한 두 가지 사건을 제시한다. 하나는 매듭을 묶는 **분규**(complication, 복잡화), 다른 하나는 매듭을 푸는 **해결**(unravelling)이다. 해결은 대단원(denouement)이라고도 한다. "분규는 사건의 시작부터 행복 혹은 불행하게 상황이 전환되는 지점까지를, 해결은 상황이 변하는 지점부터 이야기가 끝나는 지점까지를 의미한다. …시를 쓰는 이들은 대부분 매듭을 잘 묶기만 하고 제대로 풀지 못한다."

아리스토텔레스가 이야기 속에서 강조하는 몇몇 특별한 순간이 있다. 그중 가장 강렬한 순간은 기존의 상황이 반전되는 **페리페테이아**(peripeteia)다. 이는 보통 공포나 연민, 웃음, 눈물을 자아내는데, 가난한 인물이 부자가 되거나 부자가 빈털터리로 몰락하는 경우가 그 예다.

비극에서는 대개 주인공이 타고난 결함(hamartia, 하마르티아)으로 실수를 저지른 후 안 좋은 결말을 맞는다. 『햄릿』의 페리페테이아는 바로 주인공 햄릿이 연인의 아버지를 실수로 죽이는 순간이다. 왜? 이를 계기로 햄릿의 추락이 시작되기 때문이다. 같은 맥락으로, 아리스토텔레스는 『오이디푸스 왕』에서 주인공이 양아버지의 소식을 듣는 순간을 페리페테이아로 꼽는다. "…전령이 양아버지의 부고를 전하며 이제 더 이상 어머니는 걱정하지 않아도 된다고 오이디푸스를 위로한다. 그러면서 오이디푸스의 정체를 밝히는데, 애초의 의도와는 정반대의 결과를 가져온다."

아리스토텔레스는 비극의 또 다른 주요 순간으로 **아나그노리시스**(anagnorisis)를 말한다. 아나그노리시스는 주인공이 스스로 정체 혹은 진실을 깨달은 순간을 의미한다. 마음을 고쳐먹었는데도 불구하고 안 좋은 결말을 막을 수 없어 좌절하는 장면으로 이어지곤 한다. 이때 관객은 주인공에게 더 큰 연민과 걱정을 느낀다.

주인공은 아나그노리시스를 발판으로 마지막 **카타르시스**(catharsis)까지 나아간다. 카타르시스는 감정을 분출해 마음을 정화하는 순간이다.

이러한 주요 순간은 이야기의 원동력이 된다. 아리스토텔레스는 이와 함께 이야기를 시작과 중간, 끝으로 나눈다. 이 3막 구조는 오늘날에도 서사 이론의 밑바탕을 이루고 있다. 다음은 현대식으로 3막 구조를 해석한 내용이다. 여기서 다룬 내용 중 몇 가지는 차근차근 이어서 다룰 예정이다.

아리스토텔레스의 3막 구조

1막: 설정	**설명**: 주요 인물들이 이야기 속 세계에서 일상적으로 생활하는 모습이 나온다. **분규**: 평범한 일상을 뒤흔드는 사건이 발생하며 이야기가 본격적으로 시작된다. **플롯 포인트 ①**: 주인공이 사건에 맞서기로 결심한다.
2막: 대립	**전개**: 사건의 규모가 커진다. 주인공이 적대자와 조력자를 만난다. **중간점**: 무언가가 주인공의 목표를 방해한다. **플롯 포인트 ②**: 주인공이 시험에 들면서 성공 여부가 불분명해진다.
3막: 해결	**위기**: 해가 뜨기 전이 가장 어둡듯 주인공은 몸부림치거나 실패를 맛본다. **절정**: 좋은 결말이나 안 좋은 결말을 향해 가는 마지막 결전. **결말**: 이야기에 펼쳐놨던 내용을 전부 마무리한다. 새로운 평화가 찾아온다.

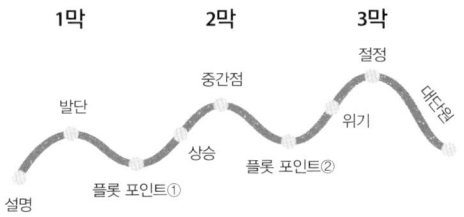

프라이타크의 피라미드
상승과 하강

고대 로마 시대의 작가 호라티우스(기원전 65~8)는 초기 극 이론가로, 저서 『시학』에서 아리스토텔레스의 3막 구조로부터 영향을 받아 5막 구조를 세웠다. 호라티우스와 마찬가지로 독일 소설가 구스타프 프라이타크(Gustav Freytag, 1816~1895)도 이야기를 다섯 구간으로 나눴다. 이를 그림으로 표현하면 다음 페이지 그래프처럼 피라미드가 된다. 프라이타크는 5막 구조에 발단(inciting incident)과 해결(resolution)도 추가했다. 아리스토텔레스식으로 보면 발단은 매듭 묶기, 해결은 매듭 풀기에 해당한다.

구스타프 프라이타크의 피라미드(5막 구조)

1막: 설명	주요 인물과 테마, 배경을 소개한다.
2막: 상승	상승은 발단(inciting incident)을 계기로 시작되는데, 발단은 의미심장한 사건이 일어나는 것을 말한다. 앞으로 사랑에 빠질 두 사람이 만나거나, 살인이 벌어지거나, 비밀을 폭로하는 편지가 오는… 이처럼 수수께끼 같은 사건이나 어려운 문제가 발생해 지금부터 벌어질 일을 예상하게 되고, 주요 인물은 이에 반응한다.

3막: 절정	긴박한 상황이 해소된다. 이때 보통 극적인 장면을 써서 어느 정도 만족감을 준다. 지금까지 서사를 전개하며 깔아둔 여러 복선도 풀어내는데, 이는 대개 단시간에 이뤄진다.
4막: 하강	절정에 반응하는 인물들을 보여주면서 해결을 향해 나아간다. 모든 사건을 마무리하고 아직 남아있는 복선을 전부 거둬들인다.
5막: 대단원	스토리 아크[1]가 완성되면서 이야기가 마무리된다. 이때 등장인물은 결혼하거나 쫓겨나거나 죽음을 맞이하며, 관객과 함께 새로 나아간다.

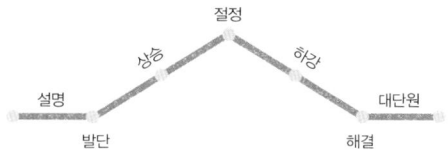

애거사 크리스티(1890~1976)의 『오리엔트 특급 살인』에 프라이타크의 피라미드를 적용해 봤다.

※스포일러 주의!

---

1. story arc, 이야기의 변화를 나타내는 곡선 혹은 구조

프라이타크의 피라미드로 정리한 『오리엔트 특급 살인』

설명	명탐정 푸아로가 런던행 오리엔트 특급 기차에 탄다.
상승	밤에 자다가 비명 소리를 듣고 깬다(발단). 이상한 소음도 들린다. 한 승객이 자신의 객실에 누군가 있었다고 말한다. 기차가 눈보라를 만나 그 자리에 멈춘다.
절정	래칫이라는 승객이 끔찍하게 살해된 모습으로 발견된다.
하강	푸아로가 사건을 조사하면서 진실을 알게 된다. 래칫은 원래 3살짜리 여자아이를 유괴해서 살해한 악마 같은 범죄자였다. 12명의 승객은 래칫에게 복수하려고 함께 계획을 세운 뒤 일부러 같은 기차를 탔다. 그리고 래칫을 죽이는 데 성공한다. 푸아로는 같이 사건을 수사하던 동료들에게 두 가지 해답을 준다. 하나는 그럴싸한 가짜 답이고, 다른 하나는 진실이다(해결).
대단원	동료들은 경찰에게 가짜 답을 전하기로 한다. 래칫을 죽인 12명의 승객은 자유롭게 각자의 길을 간다.

어쩌면 래칫의 시신을 발견한 순간이 사건의 발단이고, 12명의 승객이 정체를 드러

내는 지점이 절정일 수도 있다. 또, 하나의 피라미드가 아니라 여러 개의 피라미드로 구성되었는지도 모른다.

실제로 미국 드라마처럼 여러 시즌과 에피소드로 이어지는 작품은 대부분 프라이타크의 피라미드를 따라 전체를 관통하는 큰 스토리 아크를 하나 만든다. 그 곡선 안에서 각 시즌 및 에피소드의 피라미드를 구성하는데, 시즌에서 에피소드 단위로 갈수록 피라미드의 크기가 작아진다. 이렇게 하면 시청자는 몰입감을 유지한 채 만족한 상태로 다음 내용을 기다리게 된다.

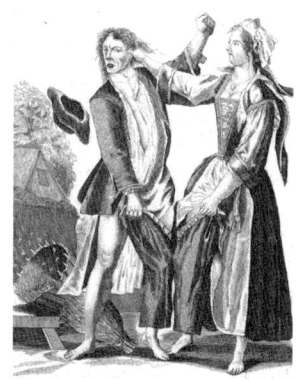

초록 세계[2]
구세계를 떠나 신세계로 돌아오기

서사가 비현실적이거나 초자연적인 세계로 들어서더라도 현실과 닮은 점은 놀라울 정도로 많이 남아있다. 문학 이론가 노드롭 프라이(Northrop Frye, 1912~1991)에 의하면 이는 사실 우리가 두 가지 세계를 살아가기 때문이다. "우리는 상식적이라고 여기는 실제 세계와 자신의 욕망으로 이루어진 꿈속 세계에 양발을 걸친 채 살아간다. (-노드롭 프라이)"

프라이는 셰익스피어기 희곡에서 그 점을 이용했다고 말했다. "셰익스피어는 두 가지 세계에 동등한 상상력을 주고, 서로 정반대의 모습을 부여해 각자의 관점에서 비현실적인 세계로 만든다."

그 적절한 예는 『십이야』와 『한여름 밤의

---

2. Green World, 노드롭 프라이가 자신의 저서 『비평의 해부』에서 처음 정의 내린 문학 이론이다. 도피가 아닌 욕망의 세계로서 시각화된 세계를 의미한다.

꿈』같은 희극이다. 셰익스피어는 현실 세계에서 이야기를 시작해, 그와 동떨어진 세계로 배경을 옮긴 다음, 새롭게 탈바꿈한 현실 세계로 다시 돌아온다. 프라이는 이 세 가지 세계를 순서대로 **구세계**(Old World), **초록 세계**(Green World), **신세계**(New World)라고 명명했으며 아래와 같이 설명했다.

　　구세계는 부모와 같이 비교적 나이가 많은 인물이 주도권을 쥐고 있다. 이러한 지배 세력은 위압적이고 통제적이며 도시에서 사는 경우가 많다. 도입부에 이 같은 특성을 살짝 드러내거나 간단히 설명하기도 한다. 『한여름 밤의 꿈』1막 1장을 보면 헤르미아의 아버지가 그녀의 결혼 상대를 정해줬으나 뜻대로 되지 않아 답답해한다. "속이 타서 넋두리하러 왔습니다. 제 딸아이 헤르미아 때문이지요." 그다음에 이야기는 빠르게 다른 배경으로 넘어간다. 바로 초록 세계다.

초록 세계는 말 그대로 숲 같은 초록빛 세계다. 이곳은 등장인물과 작가가 엄격한 도덕적 잣대와 현실의 모방에서 벗어나 자유를 누리는 공간이다. 신비로운 힘과 불가사의, 환희, 혼돈이 도사린 세상이기도 하다. 『한여름 밤의 꿈』 2막에서는 헤르미아를 포함한 네 명의 젊은이가 각자의 사랑을 이루고자 요정의 숲에 들어간다. 한편 요정의 왕은 장난꾸러기 시종에게 자신이 맡긴 일을 시작하라고 지시한다. 바로 왕비가 잠든 틈을 타 눈에 사랑의 묘약을 발라두는 일이었다. "티타니아는 밤이면 이따금 그곳으로 가 춤추며 기뻐하는 꽃 틈에서 곤히 잠들지." 이후 변신 요술로 사람이 동물로 바뀌고, 인연이 뒤엉키며 우스꽝스러운 상황이 펼쳐진다. 시끌벅적한 대혼란과 소동이 한바탕 벌어지고 나면 초록 세계에서의 시간이 눈 깜짝할 새 끝난다.

신세계는 프라이타크의 피라미드로 따지자면 대단원에 해당한다. 등장인물들이 다시 상식과 질서가 살아있는 현실 세계로 돌아오지만, 그 세계가 이전과는 사뭇 다르다. 고압적이던 지배 세력이 한발 물러나고, 젊은 등장인물들은 이제 부모의 그늘에서 벗어나 스스로 결정을 내린다. "세 쌍의 부부는 항상 진실로 사랑하며 그 자손도 아픈 곳 없이 건강하리라." 셰익스피어는 다시 질서를 되찾은 느낌을 제대로 주고 싶었는지 장난꾸러기 요정에게 마지막 대사를 주기도 했다. "혹시 우리 요정의 숲에서 기분 상한 분이 있다면 그저 꿈이었다고 생각해 주세요. 어쨌거나 다 잘 풀렸으니까요."

프라이의 이론은 폭넓게 적용할 수 있다. 다른 예를 들면, 짐 헨슨의 1986년 영화 「라

비린스」가 있다. 사춘기 소녀 주인공은 다툼과 화로 점철된 구세계를 살아가다가 고블린에게 동생을 빼앗긴다. 그 바람에 구세계를 빠져나와 신비로우면서도 위험한 지하계 미로를 여행하고, 결국 동생을 되찾아 집으로 돌아온다. 이 서사는 여성으로 변해가는 소녀를 중심으로 흘러가며, 초록 세계 구조로 성장을 은유적으로 표현한다.

C. S. 루이스의 소설 『사자, 마녀, 그리고 옷장』에도 적용해 볼까? 도시에 살던 네 남매가 선생을 피해 시골집에 맡겨진다. 아이들은 이 시골집에서 환상의 나라 나니아로 들어가게 되고, 한결 현명하고 성숙한 사람이 되어 신세계로 돌아온다. 이외에 모리스 센닥의 그림책 『괴물들이 사는 나라』도 세 가지의 세계가 등장하는 전형적인 작품이다.

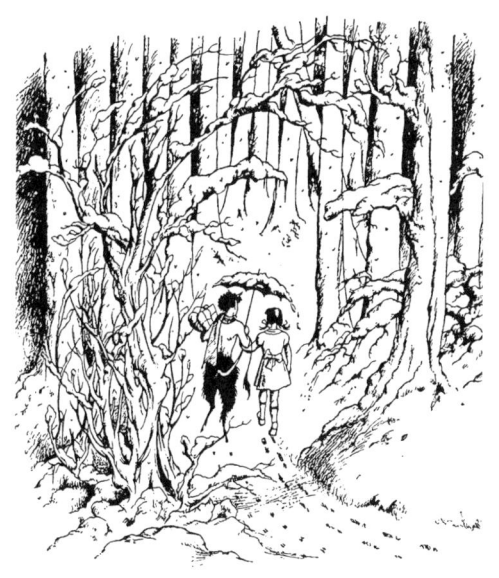

갈등과 대립
안전지대를 떠나 어려움을 감수하다

좋은 이야기에는 공통된 특성이 있는 듯하다. 앞서 15쪽에서 본 아리스토텔레스의 3막 구조는 나온 지 약 2400년이 되었는데도 지금껏 이야기의 기본 틀로 활용되고 있다. 그 이유는 무엇일까? 사실 우리는 모두 3막 구조를 어린 시절에 이미 체득했는지도 모른다.

어린 시절의 우리

정	아이가 백지상태로 세상을 탐험한다.
반	불길을 마주쳐 다칠 수도 있는 상황에 놓인다.
합	불에 덴 경험으로 불은 위험하다는 종합적 지식을 얻는다.

문학 이론가 존 요크(John Yorke)에 따르면, 위와 같은 구조로 단순하고 기본적인 이야기를 만들 수 있다. 비교해 보자.

새로운 이야기

정	등장인물이 여행을 떠난다.
반	대립자를 마주친다.
합	등장인물과 대립자는 서로의 특성을 완전히 이해하고 받아들인다. 그 후 정반합의 과정이 다시 시작된다.

요크는 대립자가 꼭 있어야 한다고 말한다. 악을 겪지 않고는 선의 의미를 이해할 수 없기 때문이다. "모든 인물과 구조, 드라마는 대립의 법칙을 바탕으로 한다." 그렇기에 인물들은 서로 갈등하고 대립한다. 범죄자와 탐정의 싸움 또는 사냥꾼과 사냥감의 대결 등을 생각해 보자. 혹은 주인공 자기 자신과 갈등하며 대립할 수도 있다. 문학에서는 겉모습과 실체의 차이를 주제로 다루곤 하는데, 한 인물이 자신의 순수함을 내세울수록 현실에서는 더욱 사악한 사람으로 비치기도 한다.

인물이 하나의 입장을 고집할수록 대립도 심해진다. 그러나 자석의 N극과 S극이 서로를 끌어당기듯 주인공과 대립자는 이야기가 전개될수록 이념적으로, 극적으로 서로 가까워지다가 어느 한 지점에서 만나게 된다. 이 지점을 중간점(mid point)이라고 부른다. 이때 질서가 잡히면서 혼돈이 잦아들고 평온이 다시 찾아온다. 불가리아의 문학 비평가 겸 문화 이론가 츠베탕 토도로프(Tzvetan Todorov, 1939~2017)도 자세히 다룬 바 있는데, 41쪽에서 함께 알아볼 예정이다. 우선 다음 그림에서 중간점을 확인해 보자.

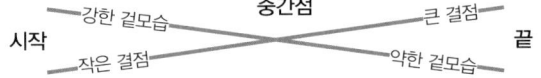

너새니얼 호손의 『주홍 글자』에는 간음을 저지른 벌로 굴욕적인 주홍 글자 'A'를 달고 살아가는 여인과 그 통정 상대인 목사가 나온다. 둘 사이에는 아이도 하나 있지만, 목사는 자신이 아이의 아버지라는 사실을 오랜 시간 숨긴 채 살아가며 양심의 가책을 느낀다. 그러다가 비밀을 밝히는 진실의 순간이 닥쳐온다. "'뉴잉글랜드 주민분들!' 그가 큰 소리로 외쳤다. 엄숙하면서도 당당한 목소리였으나 그 틈으로 시종일관 가느다란 떨림이 느껴졌다… '여러분은 그동안 저를 사랑해 주셨지요. 저를 고결한 목자로 받아들여 주셨습니다. 그러나 지금 저를 보십시오! 제가 바로 죄인입니다.'" 참으로 강렬한 중간점이다.

　　다른 작품에도 이렇게 번듯한 허울이 무너지며 순식간에 타락하는 인물이 나온다. 마리오 푸조의 소설 『대부』 속 착실한 아

들이자 전쟁 영웅이었던 마이클 콜레오네,
2008년 미국 드라마 「브레이킹 배드」 시리
즈의 월터 화이트가 그 예다.

요크가 작가들에게 추천하는 열 가지 질
문을 소개하며 마치겠다.

- 누구의 이야기인가?
- 등장인물이 무엇을 필요로 하는가?
- 사건의 발단은 무엇인가?
- 주인공은 무엇을 원하는가?
- 어떤 난관을 겪는가?
- 무엇을 잃을 위기인가?
- 왜 우리가 여기에 관심을 가져야 하는가?
- 주인공은 무엇을 배우는가?
- 어떤 방법과 이유로 배우는가?
- 이야기는 어떻게 끝나나?

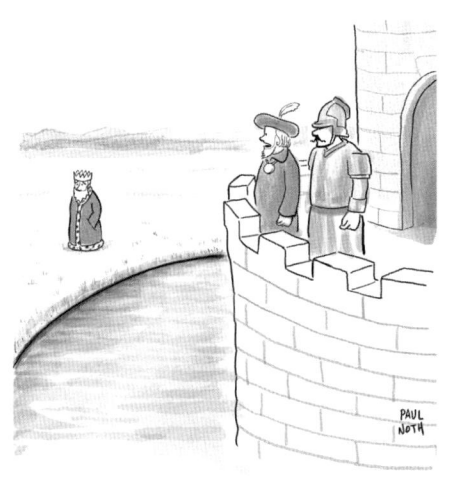

"저 자는 자기 자신이 최악의 적이라네."

잘 짜인 극
데우기만 하면 완성!

1800년대 프랑스 극작가 외젠 스크리브
(Eugène Scribe, 1791~1861)와 빅토리앵 사르두
(Victorien Sardou, 1831~1908)는 아리스토텔레스의
비극 구조를 발전시켜 모범 플롯을 만들었다.
큰 인기를 끈 이 모범 플롯을 **잘 짜인 극**(well-
made play)이라고 부른다. 잘 짜인 극에서는 인
물들이 서로 연관된 비밀을 숨기고 있는 경우
가 많다. 또한 편지나 보석, 장갑, 핸드백 등
의 사물에 의미를 부여해 사건을 진행한다.
극적 아이러니도 상당하다. 인물들은 무대를
들어오고 나가면서 아슬아슬한 타이밍으로
서로 마주치지 않는다. 상황이 가장 고조되었
을 때 커튼이 닫히며 막이 끝나고, 사건은 점
점 무르익어 입이 떡 벌어지는 마지막 폭로에
이른다. 영국 극작가 윌키 콜린스(Wilkie Collins,
1824~1889)가 말했듯 잘 짜인 극은 "사람들을
웃기고, 울리고, 다음 내용을 갈구하게 한다."

피히테 곡선

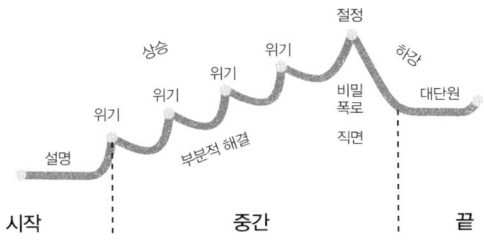

1900년대 후반 들어서 잘 짜인 극은 곧 틀에 박힌 극의 대명사가 된다. 그 결과, 여러 극작가가 극의 구조에 상당한 변화를 주기 시작했다. J. B. 프리스틀리의 『An Inspector Calls밤의 방문객』과 오스카 와일드의 『진지함의 중요성』이 그 예다. 한편 헨리크 입센(Henrik Ibsen, 1828~1906) 같은 사실주의 극작가들도 잘 짜인 극의 관습에 도전장을 던졌는데, 기본 구조와 여러 플롯 장치는 그대로 빌려와 활용한 특징이 있다. 다음 페이지의 『인형의 집』이 그 예시다.

다음은 1879년 첫 상연된 잘 짜인 극 헨리크 입센의 『인형의 집』 구조 설명이다.

※해당 장르에서 자주 활용되는 사건과 사물은 볼드체로 표시.

헨리크 입센의 『인형의 집』 구조

1막: 설명	주인공 노라는 예전에 남편의 병을 치료하려고 은행에서 **몰래** 큰돈을 빌렸다. 그러고 나서 지금까지 할부로 **몰래** 돈을 갚고 있었다. 남편은 노라를 태평한 어린애 같다고 **잘못 생각해** 종종 인형이라고 부른다. 이번에 은행장으로 취임하게 되고, 어떤 남자 직원을 가장 먼저 해고하려 한다. 사실 그 직원은 서류에 **서명을 위조**해 **면직**당한 적이 있었다. 노라의 대출 담당자이기도 했던 그는 노라가 대출을 받으려고 아버지의 **서명을 위조**했다는 사실도 알고 있다는 점이 **드러난다**. 직원은 노라에게 자신의 해고를 막으라고 한다. 안 그러면 그녀의 **범죄**를 **폭로**하고 노라와 남편에게 **망신**을 주겠다 **협박**한다. 극에 큰 **긴장감**이 감돌며 **커튼이 닫힌다**.

2막: **전개 및 분규**	노라는 **방법을 찾으려 고군분투**하지만, 남편은 결국 직원에게 해고 **통지**를 보내고야 만다. 노라는 남편의 친구에게 **도움**을 청해 보려고 한다. 그렇지만 남편의 친구는 그녀를 **사랑한다며 고백**할 뿐이다. **해결을 위한 노력이 모두 실패**하자 위기가 찾아온다. 직원은 남편에게 노라의 **비밀을 폭로하는 편지**를 보내고, 노라는 어떻게든 남편이 편지를 읽지 못하게 막으려고 정신없이 타란텔라 춤을 춘다. 노라의 격정적인 춤사위와 함께 **극적인 분위기가 치닫고**, 커튼이 닫힌다.
3막: **절정 및** **대단원을** **향해서**	**긴장감이 한껏 고조되지만 결국 상황이 해결될 것이라는 암시**가 깔린다. 직원은 전 여자친구와 재결합하고 구원을 얻은 후 **마음을 고쳐먹어 편지를 없애려** 한다. 노라 남편의 친구도 **편지를 읽지 못하게 도와준다**. 그럼에도 남편은 결국 편지를 읽고 노라의 **비밀을 알게 된다**. 그리고 오로지 자신의 안위만 생각하며 노발대발 화를 낸다. 노라는 그런 남편과 **대립**한다. 이 순간이 바로 극의 절정이자 관객들이 처음부터 언제 나오나 **손꼽아 기다리던 필수 장면**이다. 그다음에 **대단원**으로 넘어가 직원이 남편에게 **차용증**을 돌려준다. 이제 문제가 다 해결되었다! 남편은 노라에게 용서를 구한다. 그러나 노라는 남편이 자신의 사랑을 받을 자격이 없음을 깨닫고 남편과 아이들을 떠나겠다고 선언한다.

3막에서 부부가 서로 대립하는 장면은 잘 짜인 극에 전형적으로 나오는 장면이다. 이처럼 특정 장르에 거의 빠지지 않고 나와서 없으면 서운한 장면을 **필수 장면**(scène à faire)이라고 부른다.

결말을 보면 해피 엔딩과는 거리가 멀어 충격적이다. 이 작품은 페미니즘적 관점에서도 유명하지만, 익숙한 잘 짜인 극의 구조임에도 예상치 못하게 흘러가 당시 관객들에게 놀라움을 안겼다. 보통은 남편이 너그러운 마음을 보이며 상황이 잘 해결되는 식으로 이야기가 흘러갔기 때문이다. 잘 짜인 극의 기본 구조를 차용하면서도 사회 비판적이고 파격적인 극이었던 『인형의 집』은 현재 검증된 고전극으로 자리 잡았다.

영화의 5단계

토도로프의 구조 수업

연극은 오랜 세월에 걸쳐 보증된 공식을 따르기도 한다. 그렇다면 영화는 어떨까? 1960년대 츠베탕 토도로프는 인기 있는 영화의 플롯 구조를 분석해 대부분의 서사가 다음 5단계로 전개된다는 점을 발견했다.

토도로프가 발견한 인기 영화의 플롯 구조(5단계)

안정	모든 일이 순리대로 돌아간다. 인물들의 삶도 무탈하다.
균열	어떤 사건이 안정된 일상을 깨뜨리며 불안을 불러온다.
인지	기존의 질서가 흐트러졌음을 깨닫는다.
행동	문제를 바로잡거나 균열을 메우려 한다.
회복	새로운 일상이 만들어진다.

토도로프의 5단계는 프라이타크의 피라미드(20쪽)나 프라이의 세 가지 세계(24쪽)와

비슷하다. 글을 쓰거나 분석할 때 도구로 활용하기에도 좋다. 1939년 영화 「오즈의 마법사」를 5단계에 따라 살펴보자.

토도로프의 5단계로 설명한 「오즈의 마법사」

안정	주인공 도로시는 미국 캔자스의 농장에서 숙부, 숙모와 살며 평범한 일상을 보낸다.
균열	회오리바람이 불어와 도로시가 강아지와 함께 집으로 피한다. 그때 집이 바람에 휩쓸려 신비로운 상상의 세계 오즈로 날아간다.
인지	도로시와 강아지는 이제 다른 세계에 있다. 그런데 집이 오즈에 떨어지면서 하필이면 동쪽 마녀가 밑에 깔려 죽었다. 그 바람에 도로시와 강아지는 동쪽 마녀의 자매인 서쪽 마녀의 원수가 되었다. 무슨 일이 있더라도 집으로 돌아가야 한다!
행동	도로시는 에메랄드 시티로 가서 오즈의 마법사에게 도움을 청하라는 이야기를 듣는다. 도로시와 강아지는 에메랄드 시티로 가는 길에 세 명의 친구를 만나며 여러 난관을 함께 헤쳐 나간다. 이들은 영화의 절정에 서쪽 마녀를 물리치고, 오즈의 마법사가 실은 평범한 사람임을 알게 된다. 도로시는 구두굽을 세 번 부딪혀 집으로 돌아온다.
회복	도로시는 다시 캔자스 집에서 눈을 뜬다. 주위에는 가족들이 있었고, 떠나기 전과 달라진 것은 없었다.

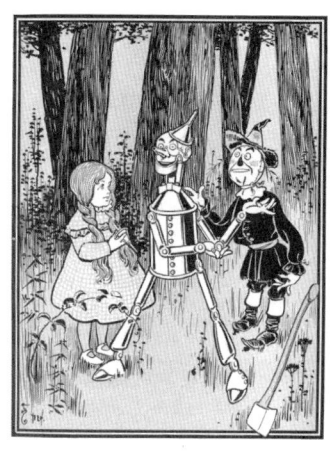

　토도로프의 5단계를 살짝 변형해도 도움
이 된다. 이번에는 영국 영화감독 에드가 라
이트의 2004년 작「새벽의 황당한 저주」를
살펴보려 한다. 이 영화에서는 균열과 인지
가 한 단계로 합쳐지고 행동이 확장되었다.
이 또한 많이 활용되는 구조다.

「새벽의 황당한 저주」 구조

안정	주인공 숀은 별다른 목표 없이 그냥저냥 사는 청년으로, 게으름뱅이 절친과 맥줏집에 가는 것이 낙이다. 여자친구와도 헤어졌으나 다시 만날 가망은 없어 보이고, 양아버지를 대단히 싫어한다.
균열 ――― 인지	사람을 잡아먹는 좀비들이 모습을 드러내기 시작한다. 숀과 친구도 드디어 집 뒤뜰에서 좀비를 마주하고 뭐든 해야 하는 상황임을 깨닫는다.
행동	숀과 친구는 힘을 모아 숀의 전 여자친구와 부모님을 구한다. 그리고 상황이 나아질 때까지 평소 가던 맥줏집에 숨어서 지내기로 한다. 좀비들의 공격이 갈수록 맹렬해지는 가운데 겨우겨우 살아남는다.
해결	군대가 도착해 좀비들을 전부 사살한다.
회복	숀은 전 여자친구와 다시 만나며 행복을 찾는다. 친구는 좀비가 되었으나 숀이 숨겨줘서 여전히 함께. 남은 좀비들은 오락거리가 된다.

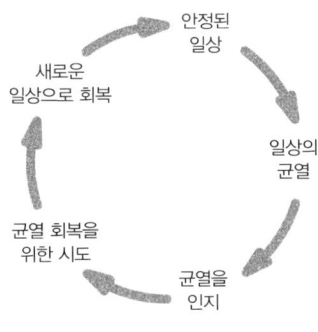

플롯 포인트
이야기 연결하기

이야기에서는 중요하지 않은 사건이 없다. 그렇지만 그중에서도 특히 이야기의 전개를 이끌어가는 주요 사건, 즉 **플롯 포인트**가 있다. 플롯 포인트 가운데 하나는 앞서 20쪽에서 살펴본 바 있다. 바로 발단이다. 이 외에 다른 플롯 포인트에 관해서는 극 이론가 시드 필드의 이야기를 들어보자.

"극적 구조는 각본의 기본 틀이다… 간단히 말해 구조가 있기에 이야기가 하나로 어우러진다. 비록 순서가 달라지기도 하지만, 이야기에는 시작과 중간, 끝이 있다. 이에 더해 시작에서 중간으로 넘어가는 지점, 중간에서 끝으로 넘어가는 지점이 있다. 이 지점들을 **플롯 포인트**라고 부른다. 플롯 포인트는 관객의 몰입을 유도하고 이야기의 방향을 바꾸는 상황, 에피소드, 사건을 모두 아우른다. 그렇기에 2막이나 3막이 플롯 포인트가 되기도 한다. 각본에는 많은 플롯 포인트가 있지만, 줄거리를 구성할 때는 플롯 포인트 1과 플롯 포인트 2가 가장 중요하다. 그래서 구조는 시작과 플롯 포인트 1, 플롯 포인트 2, 끝이라는 네 가지 요소로 구성된다. 이 네 가지 요소가 있어야 이야기가 흔들리지 않는다. (시드 필드, 『시나리오란 무엇인가』 중에서)"

필드는 영화 서사의 플롯을 만들기 위한 그림표를 디자인했다. '시드 필드의 패러다임(Syd Field's Paradigm)'이라는 이름으로 불린다. 필드는 이 표를 이용해 스티븐 킹의 소설 『쇼생크 탈출』을 바탕으로 1994년 개봉한 동명의 영화를 설명했다. 바로 다음 표가 해당 내용을 담고 있다.

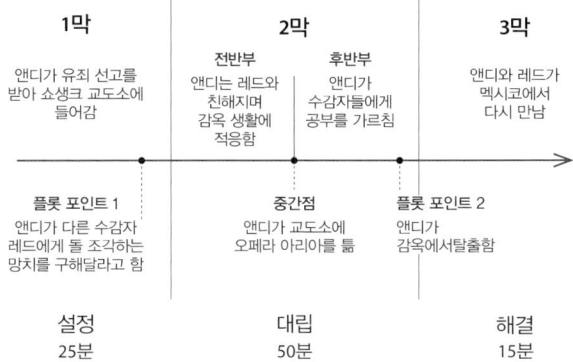

시드 필드의 패러다임으로 본「쇼생크 탈출」

1막

앤디가 유죄 선고를
받아 쇼생크 교도소에
들어감

플롯 포인트 1
앤디가 다른 수감자
레드에게 돌 조각하는
망치를 구해달라고 함

설정
25분

2막

전반부
앤디는 레드와
친해지며
감옥 생활에
적응함

후반부
앤디가
수감자들에게
공부를 가르침

중간점
앤디가 교도소에
오페라 아리아를 틂

대립
50분

플롯 포인트 2
앤디가
감옥에서탈출함

3막

앤디와 레드가
멕시코에서
다시 만남

해결
15분

　　별로인 스토리를 보면 사건이 따로따로
논다. 일이 일어나고, 그다음에 또 다른 일
이 벌어지고, 또 새로운 일이 생긴다. 좋은
이야기는 사건이 서로 맞물리며 플롯 포인
트의 힘을 받아 차례대로 이어진다. '이 일'
이 일어나서 '이 일'이 생기는데, 한편으로
'이런 일'도 생겨서 상황이 이렇게 되는 것으
로 흐른다.

플롯 포인트는 각 플롯에 따라 두 개만 필요하기도 하고, 그 이상이 있어야 할 때도 있다. 작가 댄 웰스(Dan Wells)는 필드의 패러다임을 **7단계 이야기 구조**(Seven-point Story Structure)로 발전시켰다. 아래의 그림표에서 7단계를 확인할 수 있다. 참고로 이는 데이브 트로티어(Dave Trottier)가 꼽은 근사한 **플롯 포인트 7개**(Magnificent Seven)와는 흐름이 약간 다르다. 여기에서는 웰스의 7단계와 트로티어의 7개 플롯 포인트를 섞었음을 밝힌다.

댄 웰스의 7단계 이야기 구조+데이브 트로티어의 플롯 포인트 7개

배경	현재 상황 설명. 주인공이 무언가에 사로잡힌다.
기폭제	주인공이 모험에 초대받으며 성장의 첫걸음을 떼고 서사가 시작된다.
중대한 사건	무언가 잘못되거나 주인공의 삶을 바꿔놓는다.
중간점	주인공은 다시 돌아가기에는 이미 늦어버려서 소극적인 모습을 벗고 능동적으로 행동한다.

위기	무언가 잘못되거나 주인공의 삶을 바꿔놓는다.
절정	최후의 결전. 주인공은 갈등을 해결할 열쇠를 찾는다.
해결	갈등이 풀린다. 주인공은 스스로 완전히 다른 사람이 되었음을 깨닫는다.

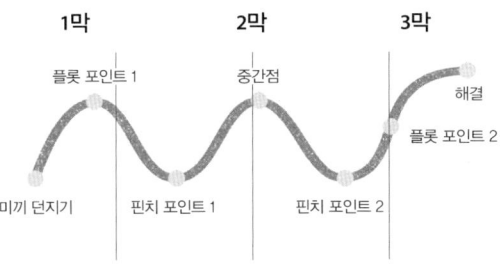

민담의 구조
블라디미르 프로프

세상에서 가장 오래된 이야기 몇 가지는 민담(folk tale)이다. 민담의 주제는 대부분 세월이 흘러도 그 빛이 바래지 않는다. 민속학자 블라디미르 프로프(Vladimir Propp, 1895~1970)는 수천 개의 러시아 민담을 연구했다. 그 결과 31개의 서사 기능, 혹은 공통으로 나오는 플롯 장치를 찾아냈다. 다음 표에서 플롯 장치를 전부 살펴볼 수 있는데, 이 가운데 대나수는 오늘날에도 쓰이는 것을 알 수 있다. "민담은 대개 주인공의 가족을 한 명씩 알려주는 등의 최초 상황을 설명하면서 시작한다. 훗날 영웅이 될 인물의 이름을 소개하거나 군인 등의 신분을 언급하기도 한다. (블라디미르 프로프, 『민담형태론』 중에서)"

프로프는 민담의 순차 구조에 집중했다. 그러나 후기 이론가들은 여러 서사에 걸쳐 나타나는 특징을 고찰했다. 그중 레비 스트로스(Claude Levi Strauss, 1908~2009)는 스위스 언어학자 페르디낭 드 소쉬르(Ferdinand de Saussure, 1857~1913)의 연구를 발전시켜 대부분의 서사는 대립을 바탕으로 전개된다고 주장했다. 이에 관해서는 30쪽을 참고하면 좋다. 대립을 통한 전개의 예시로 슈퍼히어로 영화는 '선과 악의 대결'을 중심으로, 고딕 소설은 '인간과 초자연적 힘의 대결'을 중심으로 돌아간다.

스위스 심리학자 칼 융(Carl Jung, 1875~1961)과 동료 학자 마리-루이제 폰 프란츠(Marie-Louise von Franz, 1915~1998)는 전래 동화 연구에 오랜 시간을 쏟았다. 융은 긴 세월을 거쳐 내려온 전래 동화에 관해 다음과 같이 이야기했다. "…축적된 무의식적 과정을 가장 순수하고 단순하게 표현한 것은… 가장 단순하고 꾸밈없으며 간결한, 동화의 원형이

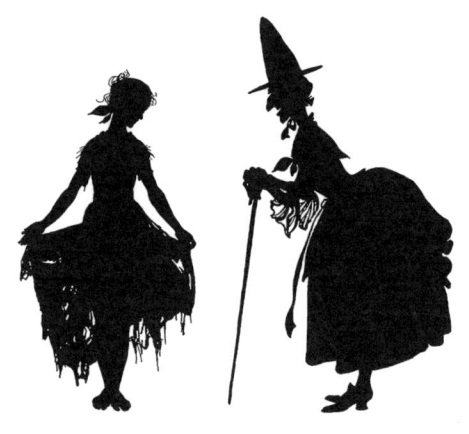

다… 전래 동화는 그 안에 이미 설명이 다
되어 있다. 즉, 전래 동화의 의미는 이야기
의 가닥을 따라 여러 모티프가 연결되며 하
나를 이룰 때 드러난다."

블라디미르 프로프가 연구한 민담의 플롯 장치(31개)

0. 최초 상황: 설명 또는 설정

1. 포기: 영웅의 고향 사람/가족 구성원 중 한 명이 집을 떠나거나 죽는다.

2. 지시: 감히 그곳에 가서는 안 된다!/이것을 하여라!/저것을 조심해야 한다! 등의 명령이 내려온다.

3. 지시를 어김: 누군가 명령을 어긴다. 악당도 이때 이야기에 등장한다.

4. 염탐: 악당이 몰래 영웅을 지켜보거나 영웅이 악당에 관해 알게 된다.

5. 정보 입수: 악당이 자신으로 인해 피해받은 사람(들)에 관한 정보를 얻는다.

6. 속임수: 악당이 영웅을 속이거나 영웅이 가진 물건을 뺏으려고 시도한다.

7. 악행에 참여함: 영웅은 어쩔 수 없이 또는 속아서 나쁜 짓을 저지르고 안 좋은 결과를 맞이한다.

8. 가해 또는 결핍: 악당이 영웅의 가족에게 해를 가하거나 상처를 입힌다. 그리고/또는 영웅은 스스로 무언가 부족하다고 생각하게 된다.

9. 경계하는 영웅: 영웅은 악당이 나쁜 짓을 꾸미고 있음을 알아채고 계획을 세우기 시작한다.

10. 저지: 영웅은 악당의 허를 찌르기로 한다. 이를 위해 마법의 힘을 지닌 물건을 찾아 나서거나 포로로 잡힌 사람들을 구하거나 한다.

11. 출발: 영웅은 자신의 선택에 따라 또는 억지로 집을 떠난다. 영웅의 모험이 시작된다.

12. 조력자: 영웅은 마법의 힘을 지닌 물건이나 훗날 도움을 주거나 자원을 지원해 주는 사람을 맞닥뜨린다. 그리고 격투, 수수께끼 등으로 시험받는다.

13. 영웅의 반응: 영웅은 시험을 이겨내거나 통과하지 못한다. 포로를 풀어주거나 서로 다투는 이들을 화해시키거나 선한 일을 하기도 한다.

14. 마법의 힘 획득: 영웅은 선한 일을 한 결과나 조력자와의 만남을 통해 마법의 힘을 사용할 수 있게 된다.

15. 안내: 영웅은 안내를 따라 조력자의 집이나 악당의 집 등 중요한 장소에 처음 가본다.

16. 투쟁: 영웅과 악당이 결투한다.

17. 증표 획득: 영웅이 상처를 입거나 반지, 스카프 등의 장신구를 얻는다.

18. 승리: 영웅이 악당을 죽이거나 내쫓는다. 또는 뛰어난 기량으로 악당을 제압하거나 악당이 약해진 틈을 타 급습한다.

19. 해결: 이야기 초반의 불행이나 문제가 해결된다. 찾던 물건을 나눠주거나 저주가 풀리거나 포로를 풀어주거나 한다.

20. 고향으로 돌아감: 영웅이 다시 집으로 떠난다.

21. 쫓기는 영웅: 적이 영웅을 잡거나 해치거나 먹어버리려고 뒤쫓아 온다.

22. 영웅이 구출됨

23. 조용한 도착: 영웅이 목적지나 경유지에 도착하지만, 사람들이 알아보지 못하거나 별생각 없이 지나친다.
24. 근거 없는 주장: 자신이 진짜 영웅이라고 주장하면서 무용담을 늘어놓는 등 거짓말을 하는 사람이 나온다.
25. 어려운 과제: 영웅이 시험에 놓인다. 수수께끼를 풀거나 힘을 증명하거나 묘기를 선보이라는 식의 요구를 받는다.
26. 과제 해결함
27. 영웅으로 인정받음: 대개 사람들이 앞서 획득한 증표를 알아보면서 인정받는다.
28. 가짜 영웅/악당이 밝혀짐
29. 변신: 영웅이 새로운 모습으로 변하거나 마법의 힘으로 겉모습이 개선된다.
30. 악당이 처벌받음
31. 결혼: 영웅이 왕자 또는 공주와 결혼한다.

영웅의 여정
그리고 여성 영웅의 여정

훌륭한 신화는 아주 오랜 세월 살아남은 이야기 가운데서도 가장 좋은 스토리텔링의 예시가 된다. 1940년대 비교 신화학자 조지프 캠벨(Joseph Campbell, 1904~1987)에 의하면 장대한 신화 속 영웅은 심리적으로나 외부적으로나 대부분 비슷한 여정을 겪는다. 또한 이 여정은 아리스토텔레스의 3막 구조처럼 세 가지 단계로 진행된다.

캠벨은 칼 융에게 큰 영향을 받아 영웅의 자아의식이 대립 요소를 통해 고민에 빠지게(시험을 치르게) 된다는 점에 주의를 기울였다. 이때 대립 요소란 '그림자(shadow figure)', 혹은 남성 영웅의 경우 내면의 여성적 면모 아니마(anima), 여성 영웅의 경우 내면의 남성적 면모 아니무스(animus)를 말한다.[3]

---

3. 칼 융의 심리학에서 사용되는 개념이다. 인물 내면의 보완적 성격을 의미하며, 개인의 심리적 통합과 성장, 능력 발휘를 돕는다.

"평범한 여성으로 위장한 여신과의 만남은 영웅으로서의 능력을 시험하는 마지막 관문이다. 영웅은 여기서 여신의 은총을 얻어 자신의 운명을 너그러운 마음으로 받아들이게 된다. 영원한 시간이 담긴 상자 속 삶 그 자체를 즐기는 것이다. (조지프 캠벨, 『영웅의 여정』 중에서)" 그 후 캠벨은 융과 같은 결론을 내린다. "세상의 모든 이야기는 사실 하나의 이야기 구조로 귀결된다. 바로 단일 신화다."

캠벨은 영웅의 이야기를 **출발, 입문, 귀환**이라는 세 가지 단계로 나눠서 설명하는데, 단계별로 각기 다른 사건이 벌어진다. 이 사건을 다 모아서 정리하면 다음의 17개 사건이 된다.

조지프 캠벨의 '영웅의 여정'

출발	입문	귀환
1. 모험의 부름	6. 시련의 길	12. 집으로 돌아가기를 거부함
2. 부름을 거부함	7. 여신과의 만남	13. 마법 비행
3. 초자연적 도움	8. 유혹하는 여성	14. 외부의 도움을 받아 구출됨
4. 관문을 넘음	9. 아버지를 극복함	15. 집으로 돌아감
5. 고래 뱃속[4]	10. 깨달음의 순간	16. 두 세계의 지배자
	11. 궁극적 목표	17. 자유로운 삶

1992년에 크리스토퍼 보글러(Christopher Vogler)가 캠벨의 영웅의 여정을 재작업했다. 보글러 버전은 『모비딕』, 「스타워즈」, 「매트릭스」 등 수많은 책과 영화, 텔레비전 드라마에 활용되며 인기를 누렸다. 1990년에는 캠벨에게 영향을 받은 모린 머독(Maureen Murdock)

---

4. 성경의 일화에서 유래한 표현으로, 죽을 고비를 넘기고 다시 태어나는 것을 의미한다.

이 『내 안의 여신을 찾아서』이라는 책을 냈다. 캠벨의 『영웅의 여정』을 여성 영웅의 이야기로 바꿔서 정리한 책이었다. 이 내용은 나중에 작가 빅토리아 린 슈미트(Victoria Lynn Schmidt)가 한 번 더 발전시켰다. 다음 표를 보면 보글러, 그리고 머독과 슈미트의 정리를 섞은 버전을 각 예시로 살펴볼 수 있다.

※숫자 순서대로 확인하기.

〈보글러와 머독+슈미트의 '영웅의 여정' 예〉

	출발	입문	귀환
영웅의 여정 –보글러 버전의 「호빗」	1. 평범한 세계: 주인공 빌보는 샤이어 마을에 사는 평범한 호빗이다. 2. 모험의 부름: 마법사가 함께 여행을 해보지 않겠냐고 제안한다. 3. 부름을 거부함: 빌보는 제안을 거절한다. 그렇지만 차는 대접하겠다고 마법사를 집으로 초대한다.	6. 시험, 아군, 적군: 빌보는 트롤, 엘프, 고블린, 골룸과 마주친다. 그리고 베오른족의 족장 및 엘프족과 친해진다. 7. 깊숙한 산속 동굴: 빌보 일행이 외로운 산에 다다른다. 8. 시련: 빌보는 동굴 속 용에게 다가가 가장 귀중한 보석을 훔친다.	10. 돌아가는 길: 빌보는 집으로 돌아가지 않고 난쟁이족의 영광을 되찾는 일을 돕기로 한다. 11. 부활: 다섯 종족이 전쟁을 벌인다. 빌보는 잘 싸웠으나 어느 순간 정신을 잃는다. 12. 묘약과 함께 집으로 돌아감: 빌보는 자기 몫의 보물과 마법 반지를 들고 집으로 돌아온다. 새로운 지혜도 얻었다.

	4. 스승과의 만남: 마법사의 격려에 빌보는 모험을 꿈꾸기 시작한다. 5. 첫 관문: 빌보는 짐을 챙겨서 샤이어 마을을 떠난다.	9. 보상: 용이 숨을 거둔다. 난쟁이족이 용의 보물과 산을 차지한다. 빌보도 부자가 되었다.	
여성 영웅의 여정 (예: 「모아나」) -머독+슈미트 혼합 버전	1. 환상 속의 완벽한 세계: 주인공은 순진하게 외부 세계의 남성적 가치에 공감하고, 남성 기준의 이상적 완벽함을 받아들인다. 2. 배신/환멸: 주인공은 성공과 지위를 추구한다. 그 과정에서 내·외면적으로 어려움을 겪지만, 모두 이겨낸다. 목표를 이뤄야 하기에 자신의 여성적 가치는 저버린다. 3. 깨어남: 어떤 사건으로 인해 주인공의 완벽한 세계, 즉 남성적 세계가 산산조각 난다. 주인공은 그동안 환상 속에서 살았음을 깨닫고, 도움을 줄 사람을 찾아 나선다.	4. 내리막길 / 판단: 주인공은 여신과 만난다. 그리고 또 다른 위기를 겪는다. 이때 주인공의 남성적 면모가 쓸모없어진다. 주인공은 다시 여성성을 찾아야 한다고 느끼지만, 자신의 새로운 정체성이 부끄럽다. 2. 태풍의 눈: 주인공은 덧없는 성공을 맛본다. 그러나 주변 사람들이 주인공의 자신감을 수시로 깎아 먹는다. 주인공은 이전 생활로 돌아가려고 하지만, 잘되지 않는다. 3. 모든 것을 잃음/죽음: 상황이 더 안 좋아진다. 주인공의 새로운 기술이 별다른 도움이 되지 않아서 어쩔 수 없이 패배를 인정한다.	7. 지원: 주인공은 조력자, 친구, 여신, 정령 등등에게 도움을 받으며 혼자서는 충분치 않다는 점을 깨우친다. 그리고 자신의 상처받은 남성적 면모를 치유하기 시작한다. 8. 거듭남/진실의 순간: 주인공은 새로이 용기와 희망을 얻는다. 자신의 남성적 면모와 여성적 면모를 하나로 아울러 진실된 이야기를 설득력 있게 전달한다. 9. 새로운 세계로 돌아감: 주인공은 정신적인 전사가 된다. 이제 세상을 있는 그대로 보며 그 안에서 자신의 자리를 새롭게 찾는다.

이야기의 형태
보니것의 기본 플롯

플롯의 유형이 손에 꼽을 정도로 적다는 사실을 탐구한 자가 있다. 바로 소설가 커트 보니것(Kurt Vonnegut, 1922~2007)이다. 보니것은 주인공의 운이 이야기의 흐름에 따라 달라지는 모양을 그래프로 표현했다(62쪽부터). 이 그래프로는 어떤 이야기든 그 형태를 한눈에 파악할 수 있다.

보니것에 의하면, 이야기가 시작할 때 주인공은 대체로 편안한 상태나 중립적인 위치에 있다. 그렇지만 언제라도 그 모두를 다 잃거나 인생을 바꿀 사건을 마주할 준비가 되어 있다. 이제 간단히 다음 두 가지 예시를 보자. 이를 통해 보니것의 탐구 방법을 확실히 알 수 있다. 그래프도 밑에 실어 놓았다.

보니것의 기본 플롯 두 가지 예시

구덩이에 빠진 남자	주인공이 꼭 남자여야 한다거나 구덩이가 나와야 한다는 의미가 아니다. 주인공이 곤경에 빠졌다가 다시 벗어나는 이야기를 말한다. 아래 그래프를 보면 끝점이 시작점보다 높은데, 잘못 그린 것이 아니라 의도한 것이다. 이러한 이야기는 사람들에게 기운을 북돋아 준다.
소년, 소녀를 만나다	정말 소년이 소녀를 만나는 이야기를 생각해서는 안 된다. 평범한 주인공이 평소와 다름없는 어느 날 운수대통하는 이야기를 가리키기 때문이다. 주인공은 "이게 무슨 횡재람!"하다가 "젠장!"을 외치고 다시 좋은 날을 맞는다.

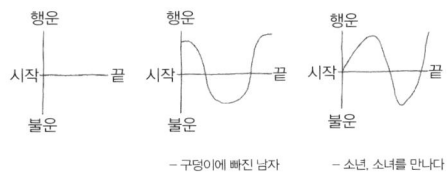

― 구덩이에 빠진 남자   ― 소년, 소녀를 만나다

신데렐라 – 운이 위아래로 오가는	한 소녀가 엄마를 여의고, 소녀의 아버지는 어떤 사나운 여자와 재혼한다. 이때부터 소녀의 상황은 최악으로 흘러간다. 시간이 많이 지나 왕궁에서 무도회가 열리는 날, 요정이 소녀 앞에 나타난다. 소녀는 요정의 도움으로 예쁘게 꾸미고 유리구두까지 신은 다음 호박 마차를 타고 무도회에 간다. 그리고 왕자와 춤을 춘다. 하지만 밤이 깊어지자 모든 것이 사라진다. 그렇다고 해서 소녀가 전과 같은 불행을 느끼지는 않는다. 당연하다! 무도회에 다녀온 후에 무슨 일이 일어나든, 소녀에게는 그날 밤의 기억이 남아있기 때문이다. 그날 밤 소녀는 무도회에서 가장 아름다운 여인이었고, 왕자에게 사랑받았다. 왕자는 결국 유리구두의 주인을 찾아오고, 소녀는 더할 나위 없이 행복한 사람이 된다.
변신 – 행복과 거리가 멀던 주인공이 끝내 불행의 나락 으로 떨어지는	외모도, 성격도 딱히 볼품없는 한 젊은이가 있다. 그는 마음이 잘 맞지 않는 가족과 함께 살며 승진도 한 번 못 한 채 여러 일을 전전했다. 그럼에도 월급이 충분치 않아 동생을 무도회에 보내주거나 친구와 술집에 가서 맥주 한 잔 마시지를 못한다. 그런 그가 어느 날 아침 출근하려고 눈을 뜨니 온몸이 바퀴벌레로 변해 있었다. 이제 내리막길만 남은 이야기가 아닐 수 없다.

햄릿 **– 시작부터 끝까지 별다른 굴곡 없이 평평한**	"나는 너의 아버지다. 나를 살해한 사람이 있단다. 대신 복수를 해다오. 범인은 너희 삼촌이다. 나를 이렇게 죽이더구나…" 햄릿을 명작이라고 부르는 데는 이유가 있다. 셰익스피어는 우리에게 진실을 말해주기 때문이다. 부침을 겪는 사람들이 이러한 진실을 알려주는 경우는 극히 드물다. 그 진실은 바로 우리가 삶에 관해 너무나 아는 것이 없고 좋은 소식과 나쁜 소식이 무엇인지도 사실 잘 모른다는 점이다… 그는 천국에 갔을까, 지옥에 갔을까?

위 내용은 『On the Shapes of Stories이야기의 형태에 관해』 일부분을 재구성한 표다. 보니것은 먼저 운이 위아래로 오가는 패턴의 예시로 고전 동화 『신데렐라』를 선택한다. 위표와 다음 페이지 그래프를 확인해 보자. 보니것은 『신데렐라』의 구조를 성경의 이야기 구조와 비교하기도 했다. 성경에서 그리스도는 차근차근 단계를 밟아가며 영향력 있는 성자의 위치에 오른다. 그 후 십자가형에

처해 목숨을 잃었다가 부활한다.

애초에 행복과 거리가 멀던 주인공이 끝내 불행의 나락으로 떨어지는 이야기도 있다. 보니것은 이러한 이야기 구조의 예로 프란츠 카프카의 명작 『변신』을 가져왔다.

시작부터 끝까지 별다른 굴곡 없이 평평한 이야기도 있다. 보니것은 이러한 작품의 예시로 셰익스피어의 유명작 『햄릿』을 꼽는다. 왜냐? 좋은 소식과 나쁜 소식을 구분하기가 어렵다는 이유에서였다. 햄릿이 아버지 유령을 만나는 장면도 마찬가지다. 아버지 유령이 하는 이야기는 과연 좋은 소식일까, 나쁜 소식일까?

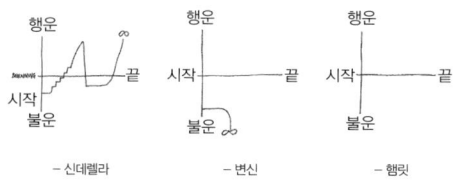

－신데렐라　　　　　－변신　　　　　－햄릿

7개의 플롯
모두 정복하기

플롯을 가장 속속들이 연구한 사람은 아마 저널리스트 크리스토퍼 부커(Christopher Booker)일 것이다. 부커는 수백 가지 이야기를 분석한 후 7개의 기본 플롯이 있다고 결론지었다. 바로 ①괴물 극복하기, ②무일푼에서 부자로, ③여행과 귀환, ④퀘스트, ⑤비극, ⑥희극, ⑦거듭나기 플롯이다. 모든 플롯은 한 명의 중심인물 위주로 벌어지는 메타 서사다.

"각 플롯은 시작하면서 무언가를 갈망하는 주인공을 보여준다. 이때 주인공은 한 사람 혹은 여러 사람일 수 있다. 이야기 초반에는 주인공이 멋진 모험이나 경험에 발 담그기 일보 직전인 듯한 느낌이라 오직 기대감만 감돈다. 각 상황에서 주인공은 자신의 큰 뜻이나 소망에 집중하게 되고, 한동안은 마치 꿈과 같은 성공을 맛보는 것처럼 보인다. (크리스토퍼 부커, 『The Seven Basic Plots일곱 가지 기본 플롯』 중에서)"

이제 다음 페이지부터 7개의 플롯을 순서대로 하나하나 살펴보려고 한다. 혹시 이야기를 쓰려고 하는가? 그렇다면 먼저 중심인물이 무엇을 원하는지, 어느 부분에서 성취감을 느껴야 하는지부터 파악하자. 그러고 나서, 중심인물의 꿈을 언제/어디서/어떻게 이뤄 줄지 정한다. 이 타이밍에 34쪽으로 돌아가 요크의 질문을 다시 읽고 생각해 봐도 좋다. 중심인물은 플롯의 시작부터 끝까지 자신의 욕망을 기준으로 결정을 내리기 때문이다.

7개의 플롯 각각의 요점을 정리하고, 예시 작품도 덧붙여 놨다. 우선 이야기에 가장 잘 어울리는 구조의 플롯을 고른 다음 예시 작품을 찬찬히 살펴보자. 예시 작품에 통달

하면 그를 본보기로 이야기를 발전시킬 수 있다. 선택한 플롯의 모든 면을 고스란히 따를 필요는 없다. 그저 오랜 세월에 걸쳐 증명된 형식의 플롯을 공부하는 기회라고 생각하면 된다. 공부해서 남 주지는 않으니까 말이다.

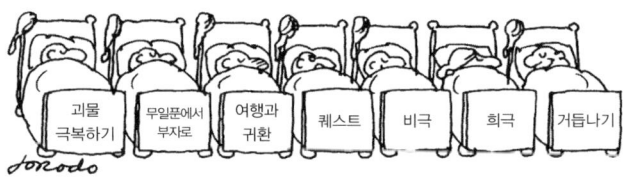

① 괴물 극복하기
괴수와의 투쟁

5000년 전에는 『길가메시 서사시』가, 그로부터 수천 년이 지난 1962년에는 제임스 본드 시리즈 첫 번째 영화 「007 살인번호」가 세상에 나왔다. 엄청난 시대 차이에도 불구하고 두 작품 사이에는 한 가지 공통점이 있다. 바로 **괴물 극복하기** 플롯을 활용한다는 점이다. 시간을 초월한 이 플롯은 부커에 따르면 다음 다섯 가지 단계로 진행된다.

'괴물 극복하기' 플롯 다섯 단계

기대와 부름	대개 아주 먼 거리에서 괴물을 보고 그 존재를 알게 된다. 괴물의 파괴력을 얼핏 목격할 때도 있다. 주인공은 괴물을 물리치라는 부름에 응한다.
꿈	주인공이 괴물과의 싸움에 대비해 훈련한다. 그러면서 주인공과 괴물의 거리가 점점 가까워진다. 모든 상황이 순조롭게 흘러간다.
좌절	마침내 괴물과 마주한다. 주인공은 강한 적수인 괴물에 비해 보잘것없어 보인다.

최악의 순간	최후의 결투가 시작된다. 주인공은 모든 역경을 이겨내고 절정에서 괴물과 맞선다. 주인공이 정말 모든 것을 다 잃었을 때 반전이 일어난다.
가까스로 죽음을 피함/ 괴물의 죽음	

여기서 괴물은 무시무시하게 생긴 진짜 괴물을 의미하지는 않는다. 괴물의 실체와 형태는 다양하다. "…거인, 마녀 등 사람의 모습을 한 존재일 수도 있고, 늑대, 용, 상어 등의 동물일 수도 있다. 또는 미노타우르스, 스핑크스처럼 인간과 짐승이 섞인 모습일 수도 있다. 그러나 그 모습이 어떠하든 다들 자신의 구역을 건너가려는 이의 생명을 앗아갈 정도로 위협적인 파괴력을 가지고 있다… 또한 괴물은 훌륭한 보상이나 귀중한 보물, 아름다운 '공주'를 손아귀에 쥐고 있는 경우가 많다…" (크리스토퍼 부커, 『The Seven Basic

예시 작품으로는 그리스 로마 신화 속 페르세우스와 메두사 이야기, 테세우스와 미노타우로스 이야기,『다윗과 골리앗』,『베오울프』,『39계단』,『드라큘라』(흡혈귀),「나바론의 요새」(나치),『쥬라기 공원』(공룡),「킹콩」(킹콩),「타워링」(화재),『우주전쟁』(외계인),『트리피드의 날』(식물),「터미네이터」(로봇),「죠스」(상어),「스타워즈」(아버지),「아바타」(회사) 등이 있다. 괄호 안에 각 작품의 괴물을 적어놨으니 참고하자.

② 무일푼에서 부자로

밑져야 본전

가난에 허덕이던 사람이 역경을 이겨내고 큰돈을 버는 이야기는 다들 좋아한다. 부커는 이러한 성공 이야기를 다음과 같이 표현한다. "우리는 '평범하고 변변치 않아 무시당하던 사람이 느닷없이 무대 중앙으로 걸어나가 숨겨진 비범함을 드러내는 모습'을 본다."

성공 이야기 플롯은 한 인물이 어린 시절을 거쳐 어른으로 성장하는 과정을 따라가거나 삶의 어떤 특별한 시기를 집중적으로 다룬다. 주로 아래의 다섯 단계로 진행된다.

'성공 이야기'의 플롯 다섯 단계

비참한 어린 시절의 집	어린 남자 혹은 여자 주인공이 초라하고 불행한 환경에서 살아간다. 이때 심술궂고 사악한 인물의 그림자에 가려 빛을 발하지 못하는 경우가 많다. 이 인물은 주인공을 깔보거나 학대한다. 첫 번째 단계가 지나면 부름이 온다.

바깥세상으로 나가 첫 번째 성공 맛보기	주인공은 바깥세상으로 등 떠밀려 나간다. 그리고 그곳에서 새로운 시련을 겪으며 처음으로 성공을 맛본다. 이 성공은 대개 주인공이 결국 영광을 누릴 운명임을 보여주는 단서가 된다.
결정적 위기	돌연 모든 것이 어긋난다. 사악한 인물의 그림자가 다시 주인공을 덮치고, 주인공은 이 그림자를 반드시 헤쳐 나가야만 한다.
자립과 최후의 고난	주인공은 새로운 시각으로 위기에서 벗어난다. 그러고 나면 사악한 인물과 결투를 치르는 경우가 많다. 사악한 인물이 주인공의 목표를 방해하기 때문이다. 이러한 결투는 주인공의 최종 시험대이자 이야기의 절정에 해당한다.
궁극적 결혼, 완성 및 성취	주인공은 주로 공주 또는 왕자와 결혼하거나 진실을 깨닫는 것으로 보상을 얻는다.

이와 같은 플롯 가운데 인기를 얻은 작품으로는 『The Arthurian Tale of Sir Gareth개러스 경의 아서왕 이야기』, 『Yusuf and Zulaika유수프와 줄라이카』, 『아서왕의 검』, 『알라딘』, 『올리버 트위스트』, 『제인 에어』, 『레베카』, 『피그말리온』, 『미운 오리 새끼』, 『신데렐라』, 『휘

팅턴과 고양이』, 『데이비드 코퍼필드』, 『황
금광시대』, 「대역전」, 『슬럼독 밀리어네어』
등이 있다.

③ 여행과 귀환

낮선 세계를 헤매다 다시 집으로

여행과 귀환 이야기에서는 보통 인물이 낮선 환경에 떨어져 비현실적인 모험을 겪는다. 그러다가 한층 발전한 사람이 되어 다시 원래 있던 세계로 돌아간다. 이러한 유형의 플롯은 다음과 같은 단계를 거쳐서 전개된다.

'여행과 귀환' 플롯 다섯 단계

기대 및 다른 세계로의 '이동'	중심인물은 새로운 경험에 마음의 문을 열어둔다. 그러다 비현실적인 계기로 익숙한 세계에서 벗어나 낮선 세계에 뚝 떨어진다. 또는 원래 있던 곳에서 거부당하거나 탈출해야 해서 새로운 세상으로 떠나기도 한다.
처음의 황홀함 혹은 꿈	처음에는 신이 나서 수수께끼 같은 낮선 세계를 탐험하지만, 그만큼 몸고생도 한다.
좌절	모험이 마음처럼 풀리지 않아 답답해진다. 그때 어둠이 주인공에게 스멀스멀 다가오며 점점 세력을 넓힌다.

최악의 순간	주인공은 어둠에 뒤덮여 생존의 위협을 받는다.
가까스로 탈출해 집으로 돌아옴	주인공이 아슬아슬하게 위협을 피해 탈출한다. 그리고 떠나기 전과는 다른 사람이 되어 집으로 돌아온다.

　여행과 귀환 이야기 중에서도 비현실적인 계기가 나오는 예시 작품은「피터 팬」, 『이상한 나라의 앨리스』,『오즈의 마법사』, 『사자, 마녀 그리고 옷장』,『걸리버 여행기』, 『타임 머신』 등이 있다. 거부나 탈출을 계기로 여행을 시작하는 이야기의 예시 작품으

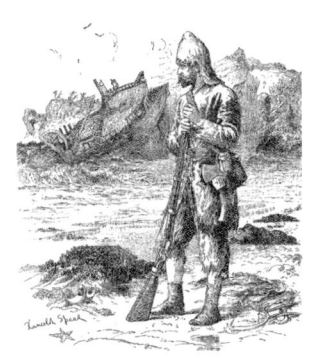

로는『바람과 함께 사라지다』,『로빈슨 크루소』,『파리대왕』,『다시 찾은 브라이즈헤드』 등이 있다.

④ 퀘스트
여정과 모험에 관한 모든 것

인물이 궁극적 목표를 달성하기 위해 신체적 또는 정신적으로 힘든 여정을 겪는 경우가 있다. 이러한 여정을 다른 말로 표현하면 퀘스트, 즉, 탐색, 탐구, 모험, 탐구, 원정이라고 할 수 있다. 퀘스트의 궁극적 목표는 '약속의 땅'이나 특정한 사물, 지식, 전설로만 떠돌던 보물 등이 있다. '약속의 땅'을 찾아서 떠나는 작품으로는 『워터십 다운』, 『천로역정』, 『성경』의 출애굽기 등이 있다. 반면에 고대 그리스의 이아손과 아르고 원정대 신화에서는 황금 양털이라는 사물을, 『은하수를 여행하는 히치하이커를 위한 안내서』에서는 지식을, 윌리엄 벡퍼드의 『바테크』에서는 전설로 떠돌던 사악한 힘을 얻으려고 모험 길에 오른다. 부커에 따르면 이러한 퀘스트 이야기는 다섯 가지의 주요 단계를 거친다.

'여행과 귀환' 플롯 다섯 단계

부름	집이 따분하거나 견딜 수 없는 장소가 된다. 때마침 주인공은 먼 곳을 향해 가라는 초자연적이거나 비현실적인 계시를 받는다. 그곳에 삶을 새롭게 바꿔 놓을 목표가 있기 때문이다. 이제 주인공은 길고 고생스러운 여행길을 떠나야 한다.
여정의 시작	주인공은 일행과 함께 적지를 가로질러 간다. 그 과정에서 자칫하면 목숨을 잃을 수도 있는 시련 혹은 시험을 겪는다.
도착 및 좌절	주인공 일행은 목표가 마치 손에 닿을 듯한 거리까지 간다. 그러나 새로운 고난이 스멀스멀 모습을 드러낸다. 목표를 이루려면 이 고난을 반드시 극복해야 한다.
최후의 시련	주인공이 연달아 시험대에 오른다. 시험은 대개 세 번 치르는데, 그중 마지막 시험은 주인공만이 완수할 수 있다. 주인공은 이를 통해 보상에 걸맞은 인물임을 증명한다. 그러고 나서 아슬아슬하게 탈출까지 하기도 한다.
목표 달성	주인공이 목표를 달성한다. 그 결과, 왕국이나 왕자, 공주, 삶을 뒤바꿀 보물 등을 되찾거나 얻기도 하고, 무언가를 파괴하기도 한다.

퀘스트 이야기에서는 두 번째 단계인 '여정의 시작'이 대부분의 분량을 차지한다. 그래서 이 단계에는 시험이 여러 형태로 나온다. J. R. R. 톨킨의 『호빗』 속 모리아 광산처럼 어려운 지역을 거친다거나 『솔로몬 왕의 보물』 속 코끼리 같은 괴물과 맞서기도 한다. 이와 달리 유혹을 이겨내야 하는 상황도 있다. 『오디세이아』에서는 뱃사람들을 홀리는 세이렌, 매혹적인 요정 칼립소, 연을 먹고 황홀경에 빠져서 사는 사람들이 나온다. 이들은 모두 오디세우스의 강인함을 시험하는 요소로, 오디세우스는 반드시 이들을 벗어나야 한다.

퀘스트 이야기 주인공은 양옆에 치명적인 적이 도사린, 위험천만한 좁은 길을 헤쳐나와야 하는 경우가 많다.

'동행'은 이야기에 깊이를 더한다. 만약

돈키호테에게 하인 산초가, 햄릿에게 호레이쇼가, 프로도 배긴스에게 충직한 샘이 없다면 어땠을지 상상해 보자. 아리스토텔레스가 말하길, 주인공은 오만하고 충동적인 면이 있는 편이라 동행은 그러한 특성을 보완하는 성격이어야 한다. 그래야 서로 부족한 부분을 메워 온전한 팀이 될 수 있다.

주인공은 지하 세계로 떠나 정령에게 도움을 받기도 한다. 이러한 '조력자'는 현자나 아름다운 여인일 때도 있다. 『신곡』의 베르길리우스와 베아트리체, 『반지의 제왕』의 갈라드리엘이 그 예다. '약속의 땅'은 젖과 꿀이 흐르는 가나안이나 토끼들의 완벽한 이상향 워터십 다운을 떠올리면 이해하기 쉽다. 이곳은 주인공이 위험한 시련을 이겨내고 한층 성숙하고 현명해져야 비로소 정신적으로, 물질적으로 요구할 수 있는 보상이다. 그렇기에 이 플롯에서는 대부분 주인공

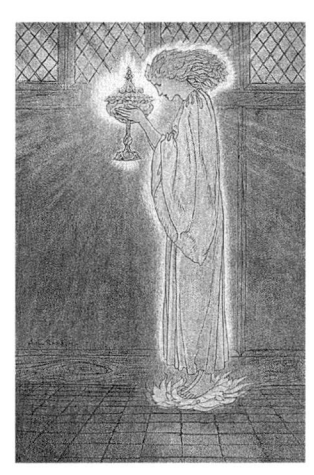

의 목표와 여정을 가장 중요하게 다루는 듯
하다. 마치 우리의 삶이 그러하듯 말이다.

'퀘스트' 플롯의 예시 작품으로는 「로빈후
드의 모험」, 「인디아나 존스」 시리즈, 「프린
세스 브라이드」, 「니모를 찾아서」, 「오 형제
여 어디 있는가?」, 「모노노케 히메」, 「피셔
킹」, 「캐리비안의 해적: 블랙 펄의 저주」 등
의 영화가 있다.

⑤ 비극
다른 길로 갔더라면

안 좋은 날은 누구나 겪기 마련이다. 그러나 좋은 비극은 상황이 그보다 훨씬 나빴을 수도 있음을 일깨워 준다. 부커에 따르면 비극은 주로 다음 단계를 거쳐 진행된다.

'비극' 플롯 다섯 단계

기대	주인공은 소망하는 바를 이루지 못해 마음 한구석이 휑한 상태다. 이곳을 온전히 메우려고 권력, 명성, 연인 같은 욕망의 대상이나 특정 방법에 집착한다.
꿈	주인공이 집착하는 방법에 온몸을 던진다. 그 예로 파우스트는 악마와 계약을 맺고, 『롤리타』의 주인공 험버트는 어린 롤리타와의 사랑을 위해 롤리타의 엄마를 죽음으로 내몬다. 이를 통해 주인공은 한동안 자신의 욕망을 채우지만, 앞날이 순조롭지는 않을 듯한 느낌이 든다.
좌절	사소한 일부터 어그러지기 시작한다. 주인공은 어찌할 줄 모르고 좌절한 채로 과민반응을 보인다. 그러면서 '악한 행동'을 더 많이 해서 구원과 점점 거리가 멀어진다. 이 시점에 그림자(대립요소)가 나타나 의뭉스러운 태도로 주인공을 위협하기도 한다.

최악의 순간	이제는 상황을 걷잡을 수 없다. 주인공의 계획도 흐트러지기 시작한다. 갈수록 가까워지는 자신의 숙명과 반대 세력 앞에서 주인공은 두려움과 절망에 사로잡힌다.
파멸 또는 죽고자 하는 마음	주인공이 반대 세력의 손에 파멸된다. 또는 누군가에게 살해당하거나 스스로 죽는 등 최후의 폭력 행위로 인해 세상에서 사라진다. 그러나 슬퍼하는 사람이 거의 없다. 악인이 사라지자 사람들이 크게 기뻐한다.

비극은 대체로 앞서 설명한 '무일푼에서 부자가 되는 이야기' 플롯이나 '퀘스트' 플롯과 상당히 비슷하게 시작한다. 그러나 부름이 유혹에 가까워서 플롯은 결국 아예 다른 방향으로 나아간다. "이처럼 비극적인 이야기에서는 주인공이 유혹받거나 어쩔 도리가 없어서 사악한 방법이나 금지된 방법에 손을 댄다. (크리스토퍼 부커, 『The Seven Basic Plots』 중에서)"

비극의 주인공은 성격도 훨씬 복합적이다. 부커는 '괴물 주인공(the Hero as Monster)'이라는 개념도 자세히 다루는데, 이는 앞서 17쪽에서 살펴본 아리스토텔레스의 하마르티아를 좀 더 구체적으로 풀어낸 개념이다. 아리스토텔레스는 하마르티아가 대개 인물 개인의 휴브리스(hubris), 즉 자만심에서 비롯된다고 여겼다. 이야기 속에서 인물이 자만심을 느끼면 예외 없이 추락의 길이 열린다. 그리스 신화 속 이카로스부터 오스카 와일드의 『도리언 그레이의 초상』까지 모두 마찬가지다. 심지어 이카로스는 정말로 하늘을 날려다가 땅으로 추락하기까지 한다.

비극의 주인공은 유혹에도 약하다. 그래서 자신의 도덕적 면모와 분리된 '또 다른 인격'을 만들어 내기도 한다. 이러한 이중성은 19세기 말 문학에 많이 등장한다. 『지킬 박사와 하이드』, 『도리언 그레이의 초상』이 대표작이다.

부커는 아무 잘못도 없는 사람에게 나쁜

일이 일어나야 참된 비극이 완성된다고 이야기한다. "주인공 중심의 비극에서는 주인공의 무모한 행동으로 고통받는 피해자를 다음 네 가지 유형으로 구분할 수 있을 것이다. 선하고 나이 든 남성, 경쟁자 또는 '그림자', 무고한 어린 여성, 유혹하는 여성. 앞의 두 유형은 모두 남성, 뒤의 두 유형은 여성에 해당한다. (크리스토퍼 부커, 『The Seven Basic Plots』 중에서)"

세익스피어의 작품에서 네 가지 유형을 전부 찾아볼 수 있다. 『햄릿』의 폴로니어스는 선하고 나이 든 남성, 『맥베스』의 던컨은 경쟁자, 『오셀로』의 데스데모나는 무고한 어린 여성, 『안토니와 클레오파트라』의 클레오파트라는 유혹하는 여성이다.

이외에도 비극의 예시 작품으로는 『안티고네』, 『아벨라르와 엘로이즈』, 『로미오와 줄리엣』, 『율리우스 카이사르』, 『리어왕』,

「페드라」, 「돈 조반니」, 「카르멘」, 「트리스
탄과 이졸데」, 『안나 카레니나』, 『테스』, 『헤
다 가블레르』, 『폭풍의 언덕』, 『롤리타』, 『프
랑켄슈타인』, 『위대한 개츠비』, 『세일즈맨의
죽음』, 「우리에게 내일은 없다」, 「쥴 앤 짐」,
「타이타닉」 등이 있다.

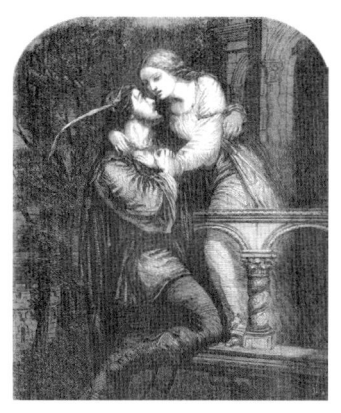

⑥ 희극
잠시 거꾸로 뒤집기

예로부터 희극은 해피 엔딩으로 끝나는 극이었다. 이때 해피 엔딩이란 곧 결혼인 경우가 많았다. 등장인물은 방황하는 중이거나 '불완전한' 상태로 당혹스러운 상황을 다양하게 겪고 흥청망청 떠들며 놀다가 다시 평범한 일상으로 돌아오곤 한다. 이러한 희극의 전형적인 예로는 셰익스피어의 『십이야』가 있다.

엘리자베스 1세 시대의 영국에서는 크리스마스부터 12일을 연달아 쉬었다. 긴 연휴의 마지막 날인 1월 5일 밤에는 거나하게 술 한잔씩 하는 축제도 열었는데, 이는 사회의 위계가 뒤바뀌는 시간이기도 했다. 즉, 축제에 온 사람들 가운데 한 명을 사회자로 뽑아 윗사람에게 자유롭게 이야기할 수 있는 특권을 줬다. 사회자는 대개 농민이었다. 노예에게 자유를 안겨주던 로마 시대의 농신제(Saturnalia)처럼 그날 밤에는 모든 규칙이 멈췄다.

현대 희극도 비슷한 기능을 하는데, 유형별로 다른 소재를 이용해 웃음을 자아낸다. 예를 들어 화장실 코미디는 평소에 더럽다고 느낄 법한 주제를, 사상 희극은 흥미로운 개념이나 사고방식을, 풍속 희극은 짜증스러운 행동을, 블랙 코미디라고도 부르는 절망 희극은 심란한 상황을, 상황 희극은 전형적인 상황을, 익살극은 부조리한 상황을, 슬랩스틱은 바보 같은 몸동작을, 패러디는 심각한 상황을 활용해 사람들을 웃긴다.

부커는 고전 희극을 세 가지 진행 단계로 간단히 설명한다.

'고전 희극' 플롯 세 가지 단계

혼란의 그림자	사람들이 불확실함과 좌절감을 느끼며 작은 세계를 살아간다. 다양한 방식으로 서로 단절되어 있다.
혼란이 커짐	사람들이 전부 서로 뒤얽힐 때까지 혼란이 커진다.
혼란이 해결됨	빛이 모든 것을 비추면서 그림자가 사라지고 상황이 기적처럼 잘 풀린다. 사람들이 크게 기뻐하며 서로 화합한다.

고전 및 현대 희극의 예시 작품으로는「톰 존스의 화려한 모험」,『트리스트럼 샌디의 생애와 의견』,『오만과 편견』,『보트 위의 세 남자』,『Carry On Jeeves 계속 하게, 지브스』,『진지함의 중요성』,「스쿠프」,『라스베이거스의 공포와 혐오』,「식은 죽 먹기」,「뜨거운 것이 좋아」,「폴티 타워즈」,「몬티 파이튼의 성배」,「애니멀 하우스의 악동들」,「에어플레인」,「네 번의 결혼식과 한 번의 장례식」,「뜨거운 녀석들」 등이 있다.

⑦ 거듭나기

Rebirth, 어둠에서 벗어나기

누구나 수렁에 빠질 때가 있다. 이때 도움을 조금만 주면 금방 이겨내는 사람들이 있다. 부커에 의하면 이러한 플롯은 기본적으로 다음과 같은 단계로 전개된다.

'거듭나기' 플롯 다섯 단계

어둠의 마법	중심인물이 모종의 이유로 사악한 세력의 지배하에 들어간다. 처음에는 이렇게 하는 편이 오히려 도움돼서 이런 결정을 내리기도 한다.
현재 상황	한동안은 사악한 세력의 도움을 받아 모든 일이 상당히 잘 풀린다. 그러면서 사악한 세력의 위협과도 점점 멀어지는 듯하다.
다시 시작된 위협	잘못된 부분이 슬슬 주인공의 눈에 들어온다. 하지만 사악한 세력은 주인공의 숨통을 더욱 고통스럽게 조여온다.
끝이 보이지 않음	고통스러운 상황이 오랫동안 이어진다. 주인공은 죽은 듯이 살아가는 상태에서 벗어나지 못하고, 사악한 세력에 완전히 넘어간 듯 보인다.

구원	주인공이 다른 사람의 손에 이끌려 기적처럼 사악한 세력에서 빠져나온다. 여자 주인공은 남자에게, 남자 주인공은 젊은 여인이나 아이에게 구원받는다.

　　보다시피 주인공은 번데기처럼 가만히 웅크리고 있다가 한결 강인하고 현명한 사람으로 다시 태어난다. 이처럼 가만히 숨죽이고 있는 시간에 인물은 인품을 시험받고 최종 보상을 온전히 받아들이는 마음의 여유를 배운다. 그렇기에 이는 꼭 필요한 시간이라고 할 수 있다.

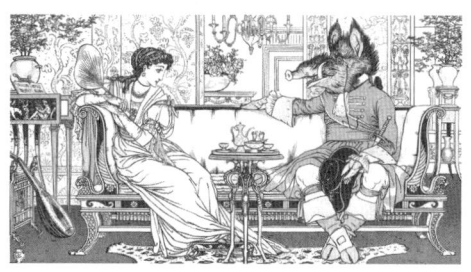

주인공이 새사람으로 거듭나는 이야기의 예시로『잠자는 숲속의 공주』,『백설 공주』,『개구리 왕자』,『미녀와 야수』,『눈의 여왕』,『크리스마스 캐럴』,『죄와 벌』,『사일러스 마너』,『비밀의 화원』,「피델리오」,『페르 귄트』등이 있다.

시간 순서
시간을 최대한 활용하기

작가는 글의 의도에 맞춰 시간을 마음대로 주무르는 특권을 누린다. 영화 이론가 크리스티앙 메츠(Christian Metz, 1931~1993)는 저서에 이런 이야기를 하기도 했다. "어떤 사건이 이야기에서 드러나는 시간과 서사 시간이 있다. 전자는 **기의의 시간**(the time of the signified), 후자는 **기표의 시간**(the time of the signifier)이라고 한다. 이러한 이중성 덕분에 서사에 흔히 쓰이는 모든 시간적 왜곡이 가능해진다. 예를 들어, 주인공이 보낸 3년이라는 시간을 소설에서는 두 문장으로 축약할 수 있다. 영화에서는 여러 샷을 조각조각 이어 붙여 반복되는 몽타주로 표현할 수도 있다. (크리스티앙 메츠, 『상상적 기표』 중에서)"

이론가 귄터 뮐러(Gunther Muller)도 마찬가지로 **이야기 시간**(story time)과 **서사 시간**(narrative time)이 서로 다르다고 말한다. 그리고 작가는 긴 시간을 속속들이 살펴보기보다는 대충 훑는 식으로 보여줄 수도 있다고 덧붙였다. 그 예로 호메로스의 『오디세이아』가 있다. 이 작품에서 오디세우스는 트로이 전쟁 후 10년이 넘는 세월에 걸쳐 고향 이타케에 돌아온다. 이토록 긴 여정 중 처음 7년을 요정 칼립소의 섬에 붙들려 있었는데, 떠나기 직전 며칠의 상황만이 자세히 나온다. 나머지는 오디세우스가 말로 간단히 정리할 뿐이다. "저는 그곳에 7년 동안 있었습니다. 끝없는 시간이었지요. 칼립소가 준 불멸의 옷이 언제나 제 눈물로 흠뻑 젖었습니다. (호메로스, 『오디세이아』 중에서)"

이처럼 사건과 서사의 시간 순서를 달리하는 기법은 러시아 형식주의자들의 큰 관심을 끌었다. 초기 문학 이론가 집단이었던 이들은 **파불라**(fabula)와 **슈제트**(syuzhet)라는 두 가지 용어를 고안하기도 했다. 파불라는 이야기의 원재료로서 서사의 실제 시간 순서를, 슈제트는 이야기를 체계화하고 플롯을 전달하는 방식을 의미한다.

영화 「시민 케인」을 보면 무슨 뜻인지 단번에 알 수 있다. 영화의 첫 장면에서 케인은 "로즈버드!"라는 말만 남기고 숨을 거둔다. 가장 유명한 이 대사가 어떤 의미였는지는 마지막 장면에 가서야 밝혀진다. 영화는 케인의 죽음부터 시작해 과거로 거슬러 올라가며 이야기를 풀어낸다. 위에서 설명한 슈제트는 이런 의도적인 시간 순서를 가리킨다. 「시민 케인」은 지난날의 플래시백과 현재 케인의 죽음을 수사하는 과정을 교차해서 보여준다. 이렇게 시간 순서를 인위적으로 바꾼 덕분에 눈을 뗄 수 없이 엄청난 미스터리가 만들어진 것이다.

「시민 케인」에서 파불라는 케인의 삶이 실제로 흘러간 순서를 말한다. 이야기를 계획할 때 작가들은 대개 실제 시간 순서, 즉 파불라에 맞춰 서사를 구성하는 편이 가장 쉽다고 생각한다. 파불라에 따라 처음부터 끝까지 사건의 개요를 짜서 초기 줄거리를 완성하고 나면, 그때부터는 시간 순서에 얽매이지 않고 자유롭게 이야기를 서술할 수 있다. 사건을 단순하게 나열하기보다는 훨씬 강렬한 미스터리와 긴장감, 서사 도입부 연출을 위해 다양한 관점과 시간의 틀을 탐구하고 시도하면 좋다. 그것이 바로 슈제트에 해당하는 개념이다.

「시민 케인」의 시나리오를 쓴 허먼 J. 맨키비츠(Herman J. Mankiewicz)와 오손 웰즈(Orson Welles)는 아카데미 시상식에서 최고 각본상을 수상했다. 영화를 분석하여 다음 그림을 만들었으니 참고하자. 프롤로그부터 시작해 시계방향으로 보면 된다.

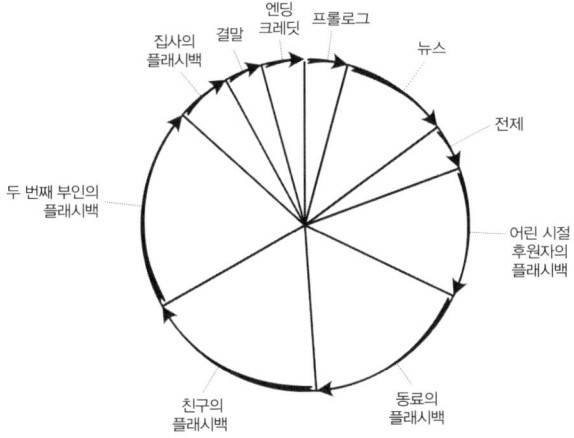

오손 웰즈 연출 「시민 케인」 분석

프롤로그

엔딩
크레딧

결말

집사의
플래시백

뉴스

전제

두 번째 부인의
플래시백

어린 시절
후원자의
플래시백

친구의
플래시백

동료의
플래시백

다음 페이지부터는 플롯에서 시간을 자유
자재로 조정하는 방법을 더욱 자세히 알아
보려 한다.

인 미디어 레스
시작이 중간

    로마 시대의 작가 호라티우스는 기원전 13년 저서 『시론』에 중요한 문학 용어 두 가지를 소개했다. '처음부터'를 뜻하는 **아브 오보**(ab ovo)와, '중간부터'를 뜻하는 **인 미디어 레스**(in media res)였다. 이 두 용어와 함께 이야기의 시작점에 관해 생각해 보자.

    앞서(11쪽) 교양 소설을 다룬 바 있다. 19세기의 교양 소설에서는 이야기를 시간 순서대로 진행해야 독자의 몰입을 효과적으로 끌어낼 수 있다고 생각했다. 그래서 찰스 디킨스(1812~1870)의 『데이비드 코퍼필드』 도입부에는 다음과 같은 구절이 나온다. "먼저 내 삶이 어떻게 시작되었는지부터 기록해야겠다. 나는 금요일 밤 열두 시에 태어났다고 한다. 들은 바로는 시계의 첫 번째 종소리와 함께 내 울음소리가 터져 나왔다." 디킨스를 즐겨 읽던 독자들은 시간 순서를 그대로 따라가는 그의 접근법을 아주 좋아했다.

그러나 현대 독자는 대체로 그만큼의 인내심이 없다. 이 점은 샐린저의 『호밀밭의 파수꾼』 도입부에 특히 잘 드러난다. "그 이야기를 정말 듣고 싶은 사람이라면 아마 내가 어디서 태어났는지, 얼마나 형편없는 어린애였는지, 우리 부모님은 나를 낳기 전에 무슨 일을 했는지 등 데이비드 코퍼필드에나 나올 법한 잡소리 먼저 듣고 싶을 텐데, 솔직히 그건 별로 말하고 싶은 기분이 아니다. 첫 번째로 나한테 따분한 얘기고, 두 번째로 부모님의 사적인 부분을 조금이라도 입 밖에 냈다가는 두 사람 다 뒷목 잡고 쓰러질 것 같아 그렇다." 호라티우스도 마찬가지로 시간 순서대로 이야기를 풀어가는 데 별 재미를 못 느꼈다.

그래서 호메로스가 『일리아스』에서 선보인 서사 구조의 장점을 줄줄이 읊으며 다음과 같은 이야기를 하기도 했다. "(호메로스는) 트로이 전쟁부터 시작해 사건으로 넘어가지 않고, 항상 사건부터 대뜸 내밀어 청자를 곧장 상황 속으로 몰아넣는다."

단테의 『신곡』도 역시 같은 기법을 쓴다. 단테는 숲속에서 길을 잃고 위험에 둘러싸인 채 '우리 삶의 여정 한가운데서'라는 구절로 이야기의 막을 연다. 1975년 J. G. 밸러드(J. G. Ballard)가 암울한 미래 세상을 그린 소설 『하이라이즈』의 첫 문장도 마찬가지다. "로버트 랭 박사는 발코니에 앉아 키우던 개를 먹으면서 지난 세 달간 이 거대한 아파트에서 벌어진 이례적 사건을 곰곰이 되짚어 봤다."

이 기법은 현대에 들어서 시나리오에도

많이 활용되었다. 2012년 제임스 본드 시리즈 「007 스카이폴」의 첫 장면이 그 예다. 본드는 첫 장면부터 긴장감 넘치게 복도를 걸어 나와 어느 방 안으로 총을 겨누며 들어간다. 그곳에서 죽은 남자와 죽어가는 남자를 마주한 다음 거리로 나가 차를 탄다. 이로써 관객은 영화 시작 3분 만에 이스탄불 거리를 종횡무진하는 자동차 추격전에 휘말리게 된다. 쿠엔틴 타란티노 감독도 여러 작품에서 이 기법을 활용했다. 1994년 히트작 「펄프 픽션」이 그 예다. 이 영화는 어느 식당에서부터 시작해 점점 과거로 거슬러 올라가면서 처음의 장면이 나온 과정을 보여준다.

이러한 기법이 시간 순서를 뒤섞어 대뜸 사건부터 시작하는 **인 미디어 레스**다. 커트 보니것은 이야기를 쓸 때 "최대한 끝과 가까운 지점에서 시작해야 한다"고 말한 바 있는

데, 이는 인 미디어 레스 기법과 일맥상통하
는 조언이다.

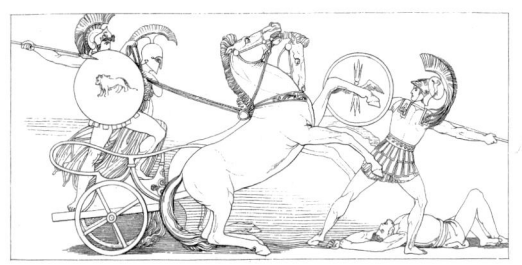

아날렙시스와 프롤렙시스
플래시백, 그리고 플래시 포워드

아날렙시스(analepsis)는 과거로 거슬러 올라가 예전에 벌어진 상황을 보여주는 것으로, **플래시백**이라고도 한다. 인물의 배경 이야기나 플롯에 중요한 정보를 노출해 현재를 더욱 깊이 이해하도록 돕는 기능이 있다(45쪽 참고). F. 스콧 피츠제럴드가 쓴 『위대한 개츠비』의 도입부가 그 예다. "내가 지금보다 어리고 마음이 단단하지 않던 시절에 아버지가 조언을 하나 해주셨다. 그 후로 나는 늘 이 조언을 곰곰이 생각해 보고는 한다. '누군가를 비난하고 싶을 때는 항상 이 점을 기억해라. 세상 사람들이 다 네가 누렸던 좋은 것들을 똑같이 누리지는 못했다고.'" 이 책의 첫 번째 장은 서술자가 자신의 과거를 가만히 되돌아보는 내용이 주를 이룬다. 이러한 플래시백을 통해 독자는 서술자를 점점 알아간다.

조지프 콘래드(Joseph Conrad)의 소설 『암흑의 핵심』 초반부에도 아날렙시스가 나온다. "우리는 인내심을 가지고 강을 지켜봤다. 밀물 때가 끝나기 전까지 달리 할 일도 없었다. 한참 적막이 흐르던 와중에 말로가 망설이는 목소리로 말을 꺼냈다. '아마 기억들 할 것 같은데, 나는 예전에 콩고강에서 잠깐 일한 적이 있다오.' 이제 우리는 별수 없이 말로의 답 없는 경험담을 들어야 할 운명이었다."

아무래도 말로의 이야기를 중심으로 흘러가는 소설이다 보니 들어야만 하는 상황이기는 하다.

시간을 거슬러 올라가는 방법은 많이 있다. 「시민 케인」에서는 한 사람의 인생을 관찰자 다섯 명의 시선으로 바라봤다. 이와 달리 구로사와 아키라의 1950년 서사 영화 「라쇼몽」에서는 잔인한 살인 · 강간 사건을 네 사람의 눈으로 살펴본다. 다 똑같은 사건을 목격했는데도 각자의 플래시백은 저마다 내용이 달라서 정확한 정보가 무엇인지 의문이 생긴다. J. K. 롤링의 해리 포터 시리즈에서는 '펜시브'라는 마법 장치를 활용해 과거를 생생하게 들여다본다. 펜시브를 쓰면 다른 사람의 기억에 잠시 들어갈 수 있다. 등장인물들은 예전에 벌어진 일을 이렇게 알아본 후 다시 현실로 뛰어나와 사건을 둘러싼 수수께끼를 해결한다.

프롤렙시스(prolepsis)는 미래를 보여주는 **플래시 포워드**로, 아날렙시스의 반대라고 생각하면 된다. 존 키츠(John Keats)가 보카치오의 『데카메론』을 재해석해서 쓴 서사시집 『Isabella, or the Pot of Basil 이자벨라, 혹은 바질 항아리』에 이러한 대목이 있다. "그렇게 두 형제, 그리고 그들에게 살해되는 남자가 / 말을 타고 아름다운 플로렌스를 지나 아르노 강으로 갔다 / 쭉 뻗은 둑 사이로 강물이 콸콸 쏟아지며 거센 바람이 부는…"

이 시의 용감한 남자 주인공은 연인의 두 오빠와 함께 말을 타고 차분하게 길을 가는 중이다. 하지만 그가 결국 연인의 오빠들에게 목숨을 잃는다는 점이 '살해되는 남자'라는 두 단어에서 드러난다. 디킨스의 『크리스마스 캐롤』에도 프롤렙시스를 쓴 장면이 있다. 바로 크리스마스 유령이 스크루지에게 아무도 그의 죽음을 슬퍼하지 않는 미래를 보여주는 장면이다. 스크루지는 이를 계기로 새사람으로 변한다.

한 가지, 프롤렙시스는 '전조'와 다르다. 플래시 포워드는 관객에게 미래를 알려주는 것이지만, 전조는 인물에게 미래를 미리 보여주는 것이다. 테리 길리엄(Terry Gilliam) 감독은 1996년 명작 「12 몽키즈」에서 시간여행을 다루며 이 두 가지를 능수능란하게 활용했다. 주인공은 영화의 도입부에 어떤 기억을 떠올린다. 어린 시절 공항에서 한 남자가 총을 맞는 모습을 본 기억이다. 영화의 마지막 장면에서 주인공은 그 남자가 세상을 구하려고 과거로 돌아간 자신임을 알게 된다. 도입부의 어린 시절 기억이 전조이자 플래시 포워드였던 것이다.

4컷 만화의 순서 맞추기

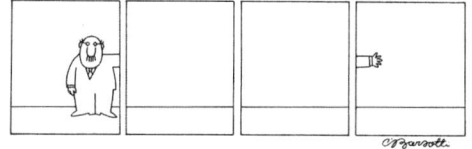

복선
무언가 다가오는 느낌

복선(foreshadowing)은 서사에 그늘을 드리우면서 앞으로 다가올 일을 암시한다. 시간을 뛰어넘어 진짜 미래를 보여주는 프롤렙시스와는 다르다. 존 스타인벡(John Steinbeck)의 『생쥐와 인간』에도 이러한 복선이 나온다. 주인공 조지와 레니는 농장에서 일하는데, 힘 조절에 서툰 레니가 종종 사고를 친다. 조지는 그런 레니를 보살피는 역할을 한다. 그럼에도 레니는 결국 큰 사고를 치고 만다. 농장주 아들의 부인을 실수로 죽여버린 것이다. 이 사건을 암시하는 복선은 책 곳곳에 깔려 있다.

우선 첫 번째 장 얘기다. 조지가 한 여성과 관련된 사고를 떠올린다. "'너는 난처해지면 사고를 치지. 그러면 내가 너를 구해줘야 하고…' 조지는 애들이 서로 따라 하듯

공들여 레니 흉내를 냈다. '그냥 저 여자애 드레스 만져 보고 싶었는데, 그냥 생쥐처럼 살살 쓰다듬고 싶었는데.' 그러더니 갑자기 돌변해서 쏘아붙였다. '근데 네가 그러든 말든 그 여자애가 어떻게 알겠냐고! 개가 뒷걸음치니까 네가 드레스를 붙잡았잖아, 드레스가 생쥐라도 되는 양! 그러니까 여자애가 소리를 지르지. 우리는 온종일 물길에 숨어 있어야 했고…'"

레니라는 인물이 점점 구체화되면서 그가 부드러운 것에 끌린다는 점이 드러난다. 하지만 레니는 자신의 힘이 얼마나 억센지 인지하지 못해 치명적인 사고를 친다. 처음은 생쥐였다. "'생쥐를 조금 쓰다듬으니까 내 손가락을 물었어. 그래서 머리를 살짝 꼬집었더니 죽었어. 너무 작은 애들이기는 했지.'"

그다음은 강아지였다. "레니는 건초에 앉아 자기 앞의 강아지를 봤다. 숨을 거둔 상태웠다. 레니는 그렇게 한참 동안 강아지를 보다가 커다란 손을 내밀어 쓰다듬었다. 머리부터 꼬리까지 쭉 쓰다듬었다. 그리고 강아지에게 부드럽게 말을 걸었다. '너는 왜 죽었어? 생쥐만큼 작지도 않잖아. 별로 세게 흔들지도 않았는데.'"

마지막은 농장주 아들의 부인이었다. 이는 비극적이지만 일어날 수밖에 없는 사건이었다. 죽음의 그림자는 먹구름 모여들듯이 서사를 뒤덮었다. 스타인벡은 복선을 깔아서 이 사건을 결코 피해 갈 수 없도록 상황을 만들었다. 이제는 독자도 인물이 어떤 사람인지 알기 때문에 사건이 벌어지는 동안 속절없이 지켜보게만 된다.

이야기 속에서 사건이 나아갈 방향은 다양한 방법으로 암시할 수 있다.

- 저자의 목소리: '그의 인생에서 최고로

좋은 날이 될 것이다' 등의 표현으로 지금부터 어떤 일이 벌어질지 서술자가 뭉뚱그려 이야기한다.

- 일기: 사건을 일기에 기록하거나 말로 언급할 수도 있다. 예를 들어 두 인물의 만남처럼 손꼽아 기다리던 날이나 오지 않았으면 하던 날, 혹은 공연, 전쟁처럼 '중요한 날'이 점점 다가온다는 식으로 표현한다.

- 소품 및 능력: 총이 있음을 드러내면서 나중에 이를 쏠만한 사건이 일어난다는 점을 암시한다. 체호프의 총(Chekhov's gun)이라고도 부르는 이 법칙은 131쪽에서 자세히 다룬다. 총 대신에 인물의 단점이나 타고난 재능, 기술을 보여줄 수도 있다.

- 조짐: 한 인물이 다른 누군가를 모욕하거나 상처를 주고 나서 가버린다. 그

결과 둘 사이에 해결해야 할 찝찝한 문제가 생긴다. 또는 두 인물이 짧은 만남으로 더욱 가까워진다.

- 걱정: 부모가 걱정을 내비치면서 사건을 암시한다. 이와 달리 걱정해야 할 상황인데 아무도 걱정하지 않는 상태를 연출해 암시할 수도 있다.

- 감정 표현: 인물의 슬픔이나 우려, 두려움 등이 앞으로 벌어질 안 좋은 상황을 넌지시 알려준다.

- 예언: 어떤 인물이 미래에 관한 생각을 표현한다. 혹은 별점을 쳐서 미래를 본다.

- 환경: 늪지, 안개, 먹구름도 많이들 활용하는 장치다.

- 상징: 주변 세상에서 상징이 될 만한 작은 요소를 찾아 사건과 연관 짓고 복선으로 쓴다. 이 상징이 나중에 또다시 등장하는 경우도 가끔 있다. 헤밍웨이

가 이 방법을 활용했다. "그 해는 나뭇
잎이 빨리 졌다. (『무기여 잘 있거라』 중에서)"

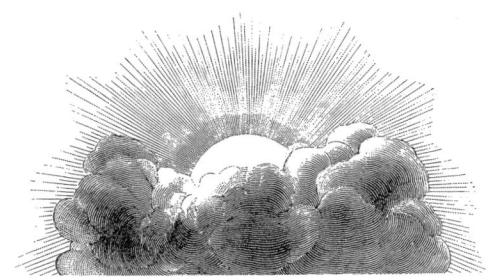

전방 조응과 후방 조응
문맥적 지시의 유형

전방 조응(anaphoric reference)과 **후방 조응**(cataphoric reference)에 관한 설명이다. '그녀는 훈련받고 있다고 말했지만, 나는 그 말을 믿지 않아!'라는 문장을 예로 살펴보자. 여기서 지시 관형사 '그'는 앞에 나온 그녀의 말을 가리켜 전방 조응이 된다. 한편 '그녀가 이렇게 말하더라. 훈련받고 있다고. 그렇지만 나는 믿지 않아!'라는 문장에서는 부사 '이렇게'가 뒤에 있는 그녀의 말을 가리켜 후방 조응이 되는 것이다. 이렇듯 전방 조응과 후방 조응은 원래 문법에 사용하는 용어인데, 이야기의 앞부분이나 뒷부분을 잇는 단어나 구, 상징, 모티프에 쓰이기도 한다.

전방 조응의 좋은 예시로는 해리 포터의 흉터가 있다. 흉터 이야기가 나올 때마다 해리가 엄마의 희생으로 간신히 살아남았으며 아직 볼드모트와 해결할 문제가 남아있다는 사실이 떠오른다. "해리는 누워서 달리기라도 한 듯 거칠게 숨을 내쉬었다. 손으로 얼굴을 꽉 감싼 채 생생한 꿈에서 깨어난 참이었다. 손가락 밑의 번개 모양 흉터가 타오르는 것만 같았다. 이마에 오래전부터 있었던 흉터다. 꼭 누군가가 아주 뜨거운 전깃줄로 그 자리를 지지는 기분이었다. (J. K. 롤링, 『해리 포터와 불의 잔』 중에서)"

전방 조응은 훌륭한 플롯 장치로 활용할 수 있다. 어느 부분에 집중해야 하는지 넌지시 알리면서 방향을 잡아 주기에 좋다. 또한 이야기가 얼마나 진행되었는지 안내하는 데에도 도움이 된다. 왜냐고? 어떤 상징이나 구절이 반복해서 나오면 독자의 머릿속에는 지난번 마지막으로 나왔던 지점이 새삼 떠오르기 때문이다. 이야기가 후반부로 넘어

갈수록 그 상징이나 구절이 처음에 나왔던 이유 역시 점점 확실해진다.

후방 조응은 카슨 매컬러스(Carson McCullers)가 쓴 『결혼식 멤버』의 첫 문장으로 간단히 예시를 들으려 한다. "이상하리만치 푸르던 여름날, 그 일이 일어났다. 프랭키는 그때 열두 살이었다." 여기서 후방 조응에 해당하는 '그 일'은 이야기를 좀 더 읽어야 실체를 알 수 있다. 작가는 일부러 처음부터 말을 꺼내서 독자의 궁금증을 지극히 몰입을 유도한다. '그 일'이라는 무미건조한 표현은 이 사건이 서술자에게 괴로운 기억이라는 느낌도 준다. 그래서 독자는 도대체 무슨 사건인지 단서를 찾아 헤매며 앞으로 나아가게 된다.

힐러리 맨틀(Hilary Mantel)의 소설 『Beyond Black비욘드 블랙』에서도 도입부에 후방 조응을 활용한다. 이때 수많은 암시가 나오지만, 처음에는 무슨 말인지 거의 이해할 수 없다.

"여행: 크리스마스 이후의 눅눅하고 기름진 날들. 고속도로, 런던에 휘날리는 고속도로의 쓰레기: 빛을 받아 주황색으로 번뜩이는 변두리의 속새풀, 그리고 캔털루프 멜론처럼 연두색 줄무늬가 난 올레안더의 이파리. 네 시: 살짝 파인 순환도로. 엔필드에서 티타임, 포터 바에 내려앉은 밤.

그 일을 하고 싶지 않은 밤도 있지만, 어떻게든 해내야 한다. 무대에서 아래를 내려다보면 마음이 닫힌 멍청한 얼굴들이 보이는 밤. 죽은 자의 메시지는 마구잡이로 온다. 받고 싶지 않아도 되돌려 보낼 수가 없다. 죽은 자는 구슬리지도, 을러대지도 못한다. 그러나 사람들은 돈을 냈으니 대가를 원한다."

도입부 문단에서 독자는 여러 서사적 목소리와 시간, 장소를 조각조각 접하게 된다.

죽은 자의 초자연적 목소리가 고속도로를
달리는 평범한 일상과 나란히 배치되어 있
기 때문이다. 이야기가 점점 전개되면서 독
자는 유령을 보는 주인공을 만나 처음에 띄
엄띄엄 나왔던 정보가 앞으로 벌어질 사건
을 암시한다는 점을 알아차린다.

　후방 조응을 위해 나오는 정보의 경우 처
음에는 그다지 중요해 보이지 않는다. 그렇
지만 한 번, 두 번 나올 때마다 중요도가 점
점 커진다. 마치 땅에 떨어진 빵 부스러기를
따라가다 과자의 집에 디다르는 것처럼.

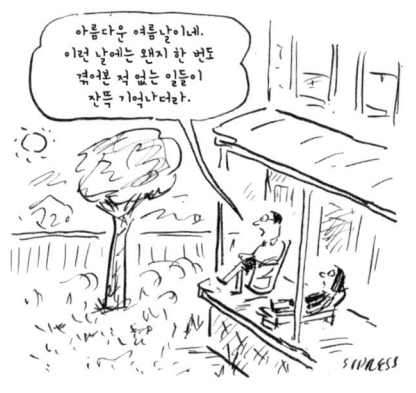

반전과 폭로
스포일러 주의

반전을 잘 쓰면 플롯에 강력한 한 방이 생긴다. 상황이 급작스레 돌아서거나 엄청난 사실이 밝혀지면 서사가 완전히 다른 방향으로 흘러가기 시작한다. 또는 과거, 현재, 미래의 모든 요소가 아예 새로운 관점으로 보이기도 한다.

반전은 대부분 인물이나 관계 중심으로 벌어진다. 그래서 이를 지켜보는 독자 혹은 관객만큼이나 주인공도 충격받는 경우가 많다. 이때 주인공의 감정 반응을 보며 사람들도 마음을 정리하게 된다.

샬럿 브론테의 『제인 에어』가 좋은 예다. 주인공 제인은 다락방 소음의 정체를 알고, 사랑하는 남자를 떠나 그가 한 행동을 정리하는 시간을 가진다. 「스타워즈 5: 제국의 역습」에서는 사악한 다스 베이더가 주인공에게 "내가 너의 아버지다"라고 폭로(?)한다. 이를 계기로 관객은 지금까지의 사건을 아주 다른 시선으로 보게 된다. 이와 달리 단서를 차곡차곡 쌓아 반전을 암시한 후 터뜨릴 때도 있다. 이언 뱅크스(Iain Banks)의 소설 『말벌공장』에서 인물의 성별이 뒤바뀌는 반전 결말이 그 예다.

때로는 서술자가 소설의 중간점까지 반전을 눈치채지 못하기도 한다. 세라 워터스(Sarah Waters)가 『핑거스미스』에서 이 방법을 썼다. 혹은 서술자 본인이 사실을 다르게 꾸며내기도 한다. 길리언 플린(Gillian Flynn)의 베스트셀러 『나를 찾아줘』에 이처럼 '신뢰할 수 없는 서술자'가 나온다. 라이오넬 슈라이버(Lionel Shriver)의 『케빈에 대하여』와 이언 매큐언의 『속죄』도 마찬가지다.

만화작가 알렉 월리(Alec Worley)는 반전을

다섯 가지 유형으로 나눈다.

- 실체의 반전: 한 인물이 아버지나 어머니 혹은 딸이나 아들 등으로 밝혀진다. 그 예시로 『오이디푸스 왕』과 「올드 보이」가 있다. 또는 어떤 사물이나 상황이 다른 무언가일 때도 있다. 예를 들어 「식스 센스」의 유령, 『오블리비언』의 클론, 「황혼에서 새벽까지」의 뱀파이어, 「에이리언」의 외계인과 로봇, 「13층」의 가상 현실 시뮬레이션, 『파이트 클럽』의 순전한 망상 등이 있다.

- 동기의 반전: 누군가의 의도가 알려진 바와 상당히 다르다는 점이 드러난다. J. K. 롤링의 『해리 포터와 죽음의 성물』에서는 해리에게 퉁명스레 대하던 스네이프가 내내 해리를 보살피고 있었다는 사실이 드러난다. 너무나 마음 아픈 반전이 아닐 수 없다. 대프니 듀

모리에(Daphne du Maurier)의 소설 『레베카』에서는 서술자의 남편과 주인공 레베카의 반전 진실이 마지막에 드러나며 독자에게 많은 생각을 안겨준다.

- 인지의 반전: 우리가 인지하는 현실이 실은 가짜다. 모든 것이 탈을 벗고 진짜 모습을 드러낸다. 「트루먼 쇼」를 보면 처음에는 트루먼의 세계가 진짜라고 믿을 수밖에 없다. 그러나 시간이 지나며 관객과 트루먼은 그 세계가 가짜라는 사실을 깨닫는다.

- 운의 반전: 인물의 행운이 알고 보니 불운, 불운이 알고 보니 행운이었다. 대체로 결정적인 순간에 불운이 실은 행운이었다고 밝혀진다.

- 성취의 반전: 한 인물이 어떤 일을 해내는데, 그와 대립하는 인물이 마지막 순간에 별안간 공을 가로채거나 비등

비등한 성취를 한다.

반전을 성공적으로 연출하는 데 도움이
되는 장치도 몇 가지 있다. 붉은 훈제 청어
라는 의미의 서사 장치 레드 헤링(red herring)
으로 또 다른 반전이나 의심의 여지를 줘서
독자를 헷갈리게 하는 것이다. 아니면 이야
기를 전개하며 오히려 서사에서 덜 중요한
부분을 많이 강조해 엉뚱한 곳으로 집중을
유도할 수도 있다. 또 예상된 반전을 흐지부
지하게 끝내 관객을 막다른 길로 이끌어도
좋다. 그러면 이야기의 예측이 어려워진다.

작가들을 위한 잡지 《Writer's Digest라이터
즈 다이제스트》의 레이첼 실러(Rachel Scheller)는 이
런 팁을 주기도 했다. "독자는 작품을 보며
감정을 투자하고 그 결실을 얻고자 한다. 그
렇기에 반전을 마주했을 때 마음을 가지고
놀거나 속이거나 함부로 대했다는 느낌이

조금이라도 들어서는 안 된다. 정말 좋은 반전은 독자가 이야기에 쏟아부은 마음을 결코 가볍게 취급하지 않는다. 오로지 그 마음에 깊이를 더할 뿐이다."

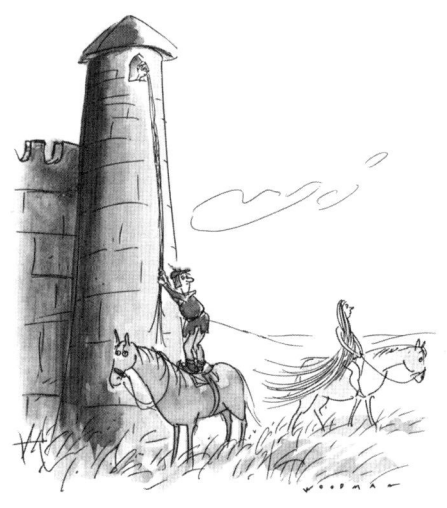

클리프행어
다음 편이 기다려지는 이유

『천일야화』에서는 간단한 장치를 이용해 옛날 옛적 이야기를 책 한 권으로 묶는다. 술탄 샤리야르는 왕비의 바람으로 여자에게 환멸을 느껴 매일 밤 다른 처녀와 결혼하고 첫날밤을 보낸 후 다음 날 아침에 처형했다. 그러다 셰에라자드라는 여자에게 차례가 돌아왔다. 그녀는 첫날밤에 무사히 살아남기 위해 샤리야르에게 이야기를 들려주기 시작하는데, 결말까지는 알려주지 않는다.

"샤리야르는 셰에라자드의 이야기를 재미있게 들으면서 혼자 생각했다. '내일까지 기다려야겠군. 결말만 들으면 언제든 죽일 수 있으니까 괜찮아.'…두 번째 날 밤에 샤리야르가 셰에라자드에게 말했다. '그 정령과 상인의 이야기를 마저 하거라. 결말이 궁금하구나.' 셰에라자드는 이야기를 이어서

했다. 그리고 술탄은 다음 날 아침부터 매일 똑같은 결정을 내렸다. 밤에 왕비의 이야기를 듣고 결말이 궁금해서 다음 날 밤까지 왕비를 살려두었다."

이처럼 이야기의 결말을 알려주지 않고 끊어버리는 것을 **클리프행어**(cliffhanger)라고 한다. 주인공이 위험에 빠져서 독자나 관객이 다음 내용을 알고 싶어 안달이 난 순간 막을 내린다. 클리프행어는 토머스 하디의 연재 소설 『A Pair of Blue Eyes한 쌍의 파란 눈』에서 비롯된 용어다. 소설 주인공 헨리 나이트는 낭떠러지에서 엘프리드(여자 주인공)를 구하고 정작 자기 자신은 다시 위로 올라가지 못한 채 낭떠러지에 매달려 있다.

"'엘프리드, 엔델스토우까지 달려 갔다 오면 얼마나 걸리겠소?'

'45분 정도요.'

'그건 안 되겠소. 10분도 못 버티오. 주위

에 아무도 없소?'

'없어요. 그래도 좀 있으면 누가 지나갈지
도 몰라요.'

'그런다 해도 맨손으로는 안 될 텐데. 주
변에 막대기나 나뭇가지 같은 것도 없소?'

엘프리드가 주위를 가만히 둘러봤다. 야
생화와 풀밖에 없는 허허벌판이었다. 두 사
람 다 말없이 생각에 잠겼다. 1분, 아니, 어

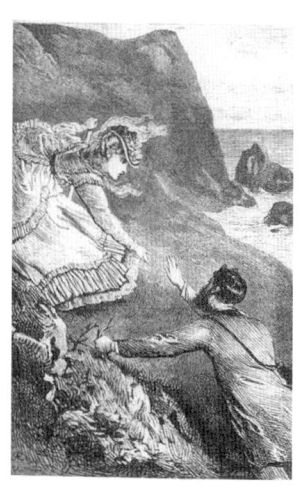

쩌면 그보다 시간이 더 흘렀을까. 느닷없이 엘프리드의 얼굴에서 난처함과 속수무책의 괴로움이 가셨다. 엘프리드는 비탈을 넘어 나이트의 시야에서 사라졌다. 나이트는 온몸을 감싸는 외로움을 느꼈다."

주인공은 이제 구해줄 사람도 기대할 수 없는 곤경에 처했다. 하디는 독자가 다음 편을 구매하지 않고는 못 배기도록 이 시점에 영리하게 이야기를 끊는다.

클리프행어를 반대로 뒤집는 방법 또한 효과적이다. 「왕좌의 게임」 첫 번째 시즌에서는 주인공 네드가 마지막에 두 딸 앞에서 공개 처형을 당할 위기에 놓인다. 시청자는 이때 이야기가 끊길 것이라 예상하며 누군가 주인공을 구해주기를, 또는 음악과 함께 엔딩 크레디트가 올라오기를 기다린다. 하지만 「왕좌의 게임」의 제작자이자 각본가인

데이비드 베니오프(David Benioff)와 D. B. 와이
스(D.B. Weiss)는 이러한 예상을 비껴갔다. 그
냥 곧바로 네드의 처형을 집행한 후 엔딩 크
레디트를 올렸다.

클리프행어는 흔히 열 가지 유형이 활용
된다.

- 위험: 벼랑 끝에 선 사람, 눈사태나 산
  사태, 총구 앞에 놓인 상황, 조직폭력
  단/경찰의 도착
- 사고: 차나 오토바이 사고, 잘못된 내
  용을 말함, 알람이 울림
- 놀라운 일: 반전, 배반, 폭로, UFO의
  착륙, 새로운 정보
- 고갈: 시간, 공기, 물, 식량, 연료, 탄
  약, 혈액, 선택지
- 위험/보상: 괴물이 아직 살아있음, 폭
  탄/거의 키스할 뻔함, 도착지에 거의

다다름

- 잃어버림/되찾음: 열쇠, 아기, 휴대전화 잃어버림/편지, 칼, 여성 속옷, 보물 되찾음
- 예감: 금방이라도 벌어질 듯한 전투, 우수에 젖은 플롯, 문을 두드리는 소리, 맹세
- 희망/절망: 약속, 구원, 해결/덫에 빠짐, 어딘가에 갇힘, 거부당함
- 질문: (어젯밤에) 어디 갔었어? 왜? 누구링? 인제? 이떻게?
- 불확실성: 그 사람들은 죽었나? 상자 안에 무엇이 있을까? 이러지도 저러지도 못하는 상황, 잠잠한 척하는 상태

플롯에 사물이 나오면
체호프의 총과 맥거핀

특정 사물을 아주 잘 활용하는 플롯이 있다. 이러한 사물은 그 자체로 중요할 때도 있고, 전혀 중요하지 않을 때도 있다. 러시아 극작가 안톤 체호프(Anton Chekhov, 1860~1906)는 작가들에게 이렇게 조언하기도 했다. "이야기와 아무런 연관이 없는 요소는 전부 빼야 한다. 1막에서 벽에 걸린 소총을 언급했다면 2막이나 3막에서는 소총을 반드시 쏴야 한다. 쏘지 않을 예정이었다면 처음부터 벽에 걸어둬서는 안 된다."

이는 앞서 언급한 **체호프의 총**이라는 법칙으로, 작가가 지키지 못할 약속을 해서는 안 된다는 의미를 담고 있다. 즉, 어떤 요소로 시선을 모았다면 왜 그랬는지 결국 이유를 밝혀야 한다. 체호프는 희곡 『갈매기』에서 이 법칙을 활용했다. 극의 중간점 바로 전에 중심인물 한 명이 직접 쏜 갈매기와 총을 들고 무대로 들어온다. 그러고 나서 극의 끝부분에 갈매기와 총이 다시 한번 비극적으로 등장한다. 그 덕분에 서사가 하나로 어우러지며 순환하는 느낌이 든다.

찰스 디킨스는 『위대한 유산』에서 이 법칙을 따랐다. 1장에서 주인공 핍은 허름한 차림의 탈옥수를 마주친다. 그 후 탈옥수는 자취를 감췄다가 주인공의 비밀 후원자로 나중에 다시 모습을 드러낸다. 영화감독 릭 베송의 1997년 명작 「제5원소」도 비슷하다. 초반부에 주인공이 담뱃불을 붙이고 나서 딱 한 개비 남은 성냥을 보여준다. 이 성냥은 영화의 끝자락에 다시 나와 세상의 운명을 결정한다.

작가 윌리엄 포크너(William Faulkner, 1897~1962)는 글을 쓸 때 서사에 도움이 되지 않는다면 "마음에 쏙 드는 부분이라도 빼야 한다(murder your darlings)"고 말했다.[5] 이는 지금도 여러 각본가와 저널리스트에게 가르침을 주는 유명한 조언이다.

체호프의 총과 비슷하나 실체가 없는 장치도 있다. 바로 **맥거핀**(macguffin)이다. 맥거핀은 인물에게 동기를 유발하는 사물이나 개념이지만, 사실 그 안에 알맹이가 없다. 영화감독 알프레드 히치콕은 맥거핀을 두고 "정보원만 뒤쫓고 관객은 신경 쓰지 않는 것"이라고 정의하기도 했다. 이때는 인물의 성장보다는 맥거핀을 찾아 헤매는 과정 위주로 플롯이 흘러간다.

어떤 요소가 맥거핀인지 아닌지 확인하고 싶을 때는 그 자리에 다른 무언가를 넣어 보면 좋다. 예를 들어 피카소의 그림이나 기상천외한 과학 지식이 담긴 USB로 바꿔도 아

---

5. 아서 퀼러쿠치가 먼저 쓴 표현이다.

무 문제가 없다면 그 요소는 맥거핀이다. 왜냐? 실제 플롯과 연관성이 없기 때문이다. 제임스 본드 시리즈의 고전 「007 황금총을 가진 사나이」에서는 악당이 훔쳐 간 '솔렉스(Solex Agitator)'라는 수수께끼의 장치를 본드가 되찾는 과정이 영화의 주를 이룬다. 솔렉스 에지테이터가 악당의 손에 들어가면 안 되는 강력하고 위험한 장치임은 확실하다. 그렇지만 관객은 그 실체나 작동 원리에 관해 아는 바가 없고, 사실 알 필요도 없다. 그저 모험을 위한 구실이기 때문이다.

『해리포터와 마법사의 돌』에서는 마법사의 돌이 맥거핀에 해당한다. 플롯에 꼭 돌이 필요하다기보다, 신비로운 부활의 힘을 지닌 것이라면 무엇이든 괜찮아서 그렇다. 대실 해밋(Dashiell Hammett)의 1930년 소설 『몰타의 매』에서는 머리부터 발끝까지 가장 좋은 보석으로 눈부시게 장식한 황금 매가 맥거핀이다. 등장인물들이 황금 매를 찾아 헤매는 과정을 구실로 등장인물 간의 복잡한 관계에 더 집중하기 때문이다. 이 플롯에서 등장인물들은 모두 범죄 용의자이자 잃을 것이 없는 사람들이다.

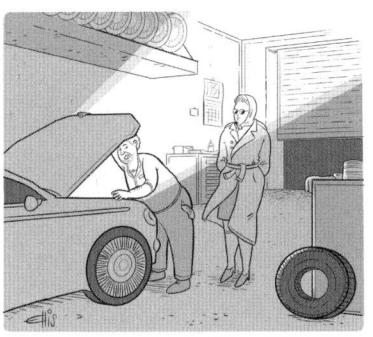

"엔진이 없어서 문제네요. 수수께끼 같은 장치만 있어요."

고립과 구출
데우스 엑스 마키나

등장인물은 호기심이나 체면 때문에, 혹은 다시 돌아가기에는 너무 늦어버려서 등 다양한 이유로 서사에 휘말린다. 앞서 16쪽에서 다룬 아리스토텔레스의 페리페테이아와 비슷하다. 하지만 이보다 훨씬 큰 동기가 필요할 때가 있다. 이때 작가들은 **고립**이라는 장치를 선택한다.

애거사 크리스티가 이 장치를 즐겨 썼다. 전 세계에서 가장 잘 팔리는 추리 소설이자 역대 여섯 번째로 많이 팔린 책, 『그리고 아무도 없었다』가 그 예다. 이 책에서는 등장인물 열 명이 모두 조그만 섬의 한 집에 고립된다. 그래서 사람들이 하나씩 죽어 나가도 피할 곳이 없다. 크리스티의 또 다른 추리 소설 『오리엔트 특급 살인』에서도 기차 안에서 범행이 벌어진다. 범인들이 의심을 피해 가는 방법뿐 아니라 명탐정 푸아로의 추리에도 한계가 생긴다.

고립은 영화에서 많이 활용하는 장치이기도 하다. 리들리 스콧의 1979년 공상 과학 영화 「에이리언」에서는 한 팀의 우주 비행사가 우주선에 갇혀서 괴물을 피해 달아날 방법이 없다. 영화 「쇼생크 탈출」 역시 교도소에서 이야기가 대부분 벌어진다. J. J. 에이브럼스의 2011년 인기 영화 「슈퍼 8」에서도 인물들이 한 가지 비밀에 매여 옴짝달싹 못 한다. 쿠엔틴 타란티노도 2015년 영화 「헤이트풀 8」에서 고립을 활용했다. 여덟 명의 낯선 이들이 눈보라를 피해서 작은 여관에 들어갔다가 그곳에 갇힌다. 그 후 하나의 객실 안에서 사건이 대부분 전개된다. 공포 영화도 이와 같은 패턴을 많이 따른다. 예를 들어 숲속의 외딴 오두막에서 차가 고장 나거나 전화선이 끊겨버린다. 안 그러면 등장인물이 그냥 도망치거나 경찰에 전화로 도움을 요청할 것이고, 그러면 상황이 해결되기 때문이다.

이렇게 인물을 고립시킬 수도 있지만, **구출**할 수도 있다. '기계를 타고 내려오는 신'이라는 의미의 **데우스 엑스 마키나**(Deus Ex Machina)가 그렇다. 이 연출 기법에서는 결코 풀 수 없을 것 같았던 문제의 해결 방법이 마법처럼 불현듯 나타난다. 고대 그리스 작가 에우리피데스(Euripides, 기원전 480~406)가 희곡 『오레스테스』에서 이 기법을 썼다. 모든 일이 틀어지고 궁전마저 불길에 휩싸인 순간 하늘에서 아폴론 신이 느닷없이 나타난다. 그리고 도르래 같은 기계를 이용해 무대로 서서히 내려와 인물에게 명령을 내린다. "너의 길을 가거라. 여신 중에서 가장 정정당당한 평화의 여신에게 영광을 바쳐라. 그동안

나는 별이 빛나는 하늘에 이르러 곧장 헬레네를 제우스의 궁전으로 데리고 가겠다."

윌리엄 골딩의 『파리대왕』에서는 해군 장교가 아폴론 신과 비슷한 역할을 한다. 골딩은 타락한 아이 앞에 마치 신처럼 나타난다. 『우주전쟁』에서는 외계 행성이 지구를 침략하자 저자 허버트 조지 웰스는 간단하게 세균 감염을 퍼뜨려 외계인을 전멸시킨다. 『호빗』과 『반지의 제왕』에서도 저자 J. R. R. 톨킨이 여러 번 독수리를 이용해 최악의 상황에서 주인공을 구해낸다.

데우스 엑스 마키나가 사악하게 바뀌면 **디아볼로스 엑스 마키나**(Diabolus ex Machina)가 된다. '기계를 타고 내려오는 악마'라는 뜻이다. 이 연출 기법에서는 사건이 벌어지면 사악한 힘이 끼어든다. 그러면 주인공이나 적대자, 혹은 두 인물 모두 별안간 더욱 안 좋

은 상황에 빠진다. 매튜 루이스(Matthew Lewis)
의 1796년 고딕 소설 『수도승The Monk』이 좋
은 예다. 이 소설에서는 적대자가 너무나 엄
청난 범죄를 저지르자 악마가 직접 나타나
상황을 해결해 준다.

디아볼로스 엑스 마키나는 대부분 서사의
끝자락에 벌어지지만, 그 전에 일어나기도
한다. 로알드 달(Roald Dahl)의 작품들이 그 예
다. 달은 험한 사건에 시종일관 가벼운 장난
스러움을 곁들인다. 이를 통해 자기 자신을
거의 풍자하는 식으로 플롯의 난관 사이를

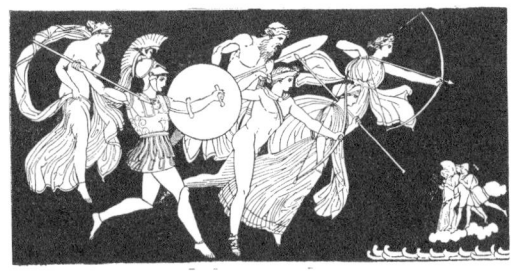

가로질러 간다. "어느 날, 끔찍한 일이 벌어졌다. 거대한 코뿔소가 뜬금없이 나타나더니 제임스의 불쌍한 어머니와 아버지를 집어삼켜 버렸다. (『제임스와 슈퍼 복숭아』 중에서)"

플롯 구성하기
세밀히 계획하기, 혹은 흐름 따라가기

영리한 복선과 빈틈없는 집중력으로 꼼꼼히 플롯을 계획해 간결하고 조화로운 작품을 만드는 작가가 있다. 아니면 인물에 의지해 서사를 전개하고 구체화해서 더 독창적이고 실험적이며 직접적이고 사실적인 작품을 만드는 사람도 있다.

"기본적인 플롯의 개요를 항상 짜놓기는 한다. 그렇지만 글을 쓰면서 정하는 것도 좋아해서 일부러 비워놓는 부분도 있다. (-J. K. 롤링)"

"소설을 잘 못 써서 차라리 논문을 쓰는 편이 낫겠다고 생각하는 작가도 있다. 개요는 이들을 위한 최후의 수단이다. (-스티븐 킹)"

많은 작가가 그러하듯 J. K. 롤링도 표를 활용해 이야기를 계획한다. 147페이지 표가 바로 롤링의 플롯 개요다. 잘 보면 왼쪽에

시간 순서가 있고 그 옆으로 플롯, 서브플롯, 인물 조합, 인물별로 열이 있다. 그 예로 서브플롯 표시 밑 Prophecy(예언) 열에는 각 장의 예언 서브플롯이, Cho/Ginny(초 챙/지니) 열에는 책 전반적으로 펼쳐질 초 챙 및 지니와의 로맨스 서브플롯이 나와 있다.

그다음 페이지 표는 조지프 헬러(Joseph Heller)가 『캐치 22』를 구상하면서 쓴 개요표다. 롤링의 개요보다 더 세세하게 나뉘기는 했어도 구조는 엇비슷하다.

플롯을 고민할 때 어니스트 헤밍웨이 특유의 실용적 접근법이 어쩌면 가장 유용할지도 모르겠다. 헤밍웨이는 "줄글을 쓰는 일은 건물 내부를 꾸미는 인테리어 디자인이 아니라 건물을 짓는 일이다"라고 말했다. 정말 그렇다. 여기서 플롯 구성은 집을 설계하는 단계라고 해도 과언이 아니다. 우선 기본 설계 도면이 나와야 집을 짓기 시작할 수 있다. 먼저 꼭 필요한 뼈대를 세우고 벽돌을 올려 밑바탕을 다진다. 그러고 나서 계단과 문을 만들어 각 방과 층 등을 잇는다.

아래는 시점이라는 새로운 열을 추가한 버전이다. 활용해 보길 바란다.

장면	시점	장소	나오는 인물	상황	플롯	서브플롯 1-4	인물 변화 곡선 1-8

J. K. 롤링이 『해리 포터와 불사조 기사단』을 위해 만든 플롯 개요

		발굴 월 정면		플롯	서브플롯		단체		등장인물	
NO	TIME	TITLE		PLOT	PROPHECY	CHO/GINNY	O of P	D.A.	SNAPE/HARRY	HAGRID/GRAWP
13	OCT	Plots & Resistance		Harry, Ron & Hermi go to Hogsmeade, meet Lupin and Tonks - can't talk. Umbridge railing. HRH recruiting for O of P. Hagrid fresh injuries.	HALL OF PROPHECY: Have we... - wants to join - 'Name of' the Death Eaters also to go in Sods/Naps in item. Item.		Tonks + Lupin	Recruiting	Harry skips lessons to recruit for D.A.	Hagrid still being injured. 'He's holding...' Blood stains. Not his blood?
14	OCT	Dumbledore's Army		First meeting of Dumbledore's Army	Nagini attacks Mr. W	Cho + Ginny both present	Umbridge now reading their mail	First meeting	Harry still skipping Snape - not going	Hagrid next going
15	NOV	The Dirtiest Tackle		Quidditch versus Malfoy. Harry suspended following daughter... unable to sleep. Worries about Umbridge, Dad, scar. Sees Nagini attack Mr. Weasley in dream.	Nagini got at Mr. W, confirmation of Bode's story. Only he and Harry can touch the prophecy	Cho now madly in love	Row - envy of Wood, called in to the attack. Another moment. Overview		Row about Harry next going	Hagrid hospital wing
16	NOV	Black Marks		Row re skipping Snape lessons. Harry really in doghouse. He's angry. Overview into Xmas. Hermione contacts Rita. Snape lessons.		'Harry never avoided by Cho a bit.' 'Ginny with someone else?'		D.A.	Harry still getting lessons	Hagrid still getting injuries
17	DEC	Rita Returns		Hogsmeade / Xmas shopping, they meet Rita	Rita information 'Many' sleepless			D.A.		
18	DEC	St. Mungo's Hospital		St Mungo's visit Xmas Eve. See Bode/Macusar visiting; Rita reports back on Bode etc. See Mr Weasley. NEVILLE	NOW VOX IS ACTIVELY TRYING TO GET HARRY TO H of P. Very vivid. Could see his name		Sirius here. BIG reunion	D.A. Big Meeting	Snape lesson. H of P Prophecy	Hagrid hospital wing
19	DEC	Xmas		Harry misses match v. Hufflepuff. Order of Phoenix now suspected by Umbridge. Why weren't they at the match?		Hermione + Kvum. Ron	Around.	Another lesson		
20	JAN	Extended powers of Umbridge		With Cho, Hagrid. Trelawney out. Firenze replaces in mid of term.	Bode dead. H of P again.	Ginny + Dad		D.A.	Row about Harry going	Hagrid out of hospital now. Grawp introduced - arrived with apples etc.
21	FEB	Valentines Day		Umbridge now really going for Hagrid. Firenze teaching prophecies. HRH go to warn Hagrid about Umbridge. Meet Grawp.		Valentine date with Cho - miserable they could row		D.A.		
22	FEB	Cousin Grawp		Easter - discovery of Dumbledore's Army - Dumbledore takes the rap x1 - Azkaban.		Cho wants back with Harry - another row		D.A.	Snape lesson. H mentions H of P Prophecy	
23	MAR	Treason		Harry Blacking Out	Harry Blacking Out				Snape giving up at Harry because he can't do it	
24	MAR	Careers Guidance		Careers consultation. Anger. Dumbledore's Army continues. Ginny has clashed on the wall in temper. Snape lesson.	Harry starting to get how to block his dreams		Firehead + Got to keep Sirius and Lupin going here	See plot MEETING up with H+G	Snape grudgingly approves	Hagrid clinging onto job. Refusing to discuss Grawp

145

조지프 헬러가 『캐치 22』를 위해 굉장히 세밀하게 작성한 플롯 개요

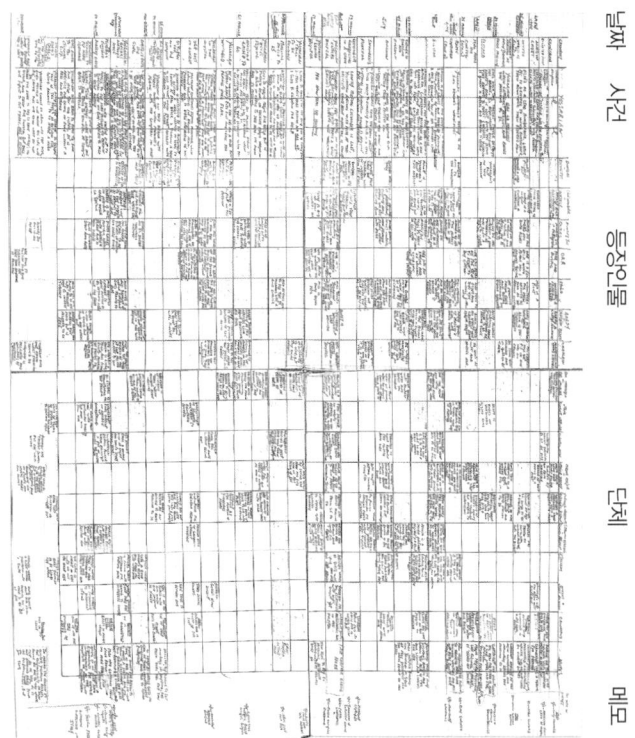

플롯 확장하기

눈송이 작법

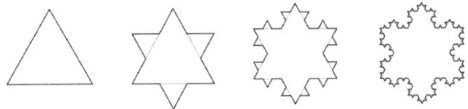

플롯의 뼈대가 나온 후에는 살을 붙여야 한다. 이렇게 플롯을 긴 글로 발전시켜야 할 때 랜디 잉거맨슨(Randy Ingermanson)의 눈송이 작법(snowflake method)을 참고하면 좋다. 눈송이 작법이란 10단계 플롯 확장 기법으로, 잉거맨슨이 수학자 코흐의 눈송이(Koch Snowflake)에 영감을 받아 만들었다.

코흐의 눈송이는 단순한 삼각형에 다른 삼각형을 계속해서 덧붙이면 나오는 눈송이 모양 도형을 말한다. 위의 그림을 참고하면 이해가 쉬울 것이다. 눈송이 도형을 만드는 과정은 143쪽에서 설명한 건물 짓기와 비슷하다. 단순한 개요에 세밀하고 복잡한 내용을 차근차근 덧붙이면서 서브플롯과 인물의 성장을 조화롭게 배치하면 된다.

랜디 잉거맨슨의 눈송이 작법

1. 요점 정리하기	이야기의 주제를 고민한다. 서사의 본질만 뽑아서 15단어 이하로 써 본다.
2. 한 문단으로 확장하기	요점 정리한 내용을 한 문단으로 발전시킨다. 소설의 시작과 중간, 끝을 쓰고 주요 반전과 갈등을 정한다.
3. 인물 소개	각 주요 인물에 관한 내용을 간단하게 정리한다. 이름, 이야기, 동기, 목표, 갈등, 깨달음 등을 넣어서 쓰면 좋다. 그러고 나서 해당 인물의 서사를 담아 한 문단을 좀 더 길게 늘여서 써 본다.
4. 요약 문단 늘이기	위 2단계에서 썼던 문단의 각 문장을 독립적인 한 문단으로 키운다. 총 분량은 1~2쪽을 목표로 한다.
5. 인물에 시놉시스 더하기	기억에 남는 인물이 있어야 이야기의 완성도가 높아진다. 그러니 인물이 생각하고, 움직이고, 걷고, 말하는 방식을 구상하고, 그만의 독특한 특징도 만들어 보자. 이 과정을 거치면 이야기를 쓸 때 해당 인물을 더 설득력 있게 표현할 수 있다. 하루에 중심인물 하나씩 1~2쪽 분량의 프로필을 자세하게 쓴다. 프로필에는 인물의 간단한 묘사, 가정 환경, 습관 등을 넣으면 좋다. 소설에 이런 내용이 반드시 드러날 필요는 없다. 예를 들어 프로필에 '학교에서 왕따 주동자였던 것 같다'고 썼더라도 이야기를 쓸 때 플래시백으로 어린 시절을 보여줄 필요는 없다.

6. 요약 페이지 늘리기	4단계로 돌아가서 각 문단을 한 페이지 분량으로 키운다. 이번에는 총 4~6쪽을 목표로 하고 서사를 자세히 풀어서 쓴다.
7. 인물 줄거리 작성	5단계로 돌아가서 하나의 표를 자세히 만들거나 여러 개의 표를 만든다. 이 표에는 각 인물이 서사 전개에 따라 발전하고 변하는 과정을 담는다. 각 인물에 관해 알고 있어야 하는 사항은 모조리 표에 넣는다.
8. 장면 목록 작성	디테일이 담긴 6단계의 요약 글을 바탕으로 표의 첫 번째 열에 주요 장면을 기록한다. 52~53쪽의 플롯 개요를 참고해 보기 편한 표를 만들면 된다. 각 행에 하나의 장면만 기록하되 열은 여러 개를 써도 상관없다.
9. 러프 쓰기 (선택)	여기서는 잉거맨슨의 이야기를 빌려오겠다. "스프레드시트의 각 줄에 써둔 내용을 바탕으로 하나의 장면을 여러 문단으로 표현해 보자. 이때 멋진 대사가 떠오르면 다 적어놓고, 각 장면에 필요한 갈등도 간단히 윤곽을 잡는다. 그러고 나면 갈등이 없는 장면은 눈에 띌 테니 갈등을 만들어 주거나 장면을 없애면 된다."
10. 본격적으로 글쓰기	초고를 쓰기 시작한다. 플롯을 탄탄하게 잘 발전시켜 놨으니 편안한 마음으로 좋은 표현을 쓰는 데 집중할 수 있다.

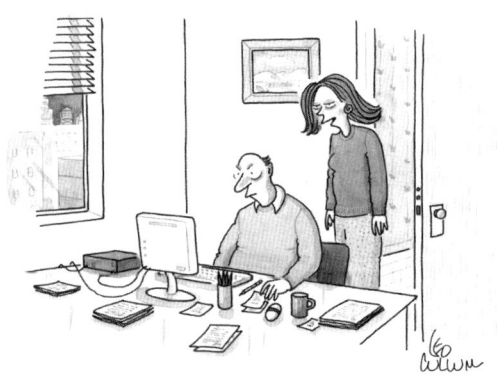

"당신이 아는 걸 써. 남성 탈모를 주제로 쓰면 되겠네."

멋진 시작

옛날 옛적에…

훌륭한 첫 번째 문장은 어떻게 쓸까? 19세기 소설은 대부분 명언으로 이야기의 문을 열었다. 요즘에는 그보다 간결한 문장으로 빠르게 이야기에 진입하는 경향이 있다. L. P. 하틀리(L. P. Hartley)의 1953년 소설 『The Go-Between 중개인』은 이렇게 시작한다. "과거는 다른 나라다. 그곳에서는 일을 다르게 한다."

첫 문장에는 크게 여섯 가지 유형이 있다.

- 개인적임(네 번째 벽[6] 허물기)

"나는 이스마엘이라고 부르면 된다. (허먼 멜빌, 『모비덕』)"

"오늘 어머니가 돌아가셨다. (알베르 까뮈, 『이방인』)"

---

6. 네 번째 벽은 주로 연극과 영화 등에서 사용되는 용어다. 무대와 관객 사이 가상의 벽을 의미한다.

"해피 엔딩으로 끝나는 이야기를 보고 싶다면 다른 책을 읽는 편이 나을 것이다. (레모니 스니켓, 『레모니 스니켓의 위험한 대결』)"

첫 번째 유형을 보면 서술자가 독자에게 직접 말을 걸어서 스토리텔링의 관습을 공공연히 무시해 버린다. 깜짝 놀란 독자는 서술자의 손에 이끌려 이야기 속으로 빠져든다.

• 기묘함

"124번지는 한이 서린 곳이었다. 아기의 원한이 가득했다. (토니 모리슨, 『빌러비드』)"

"4월의 맑고 추운 어느 날, 시계의 종이 열세 번 울렸다. (조지 오웰, 『1984』)"

"나는 부엌 싱크대 안에 앉아서 이 글을 쓰고 있다. (도디 스미스, 『성 안의 카산드라』)"

두 번째 유형을 보면 기이한 느낌이 있어서 무언가를 해결해야만 할 것 같다.

- 생각에 잠김

"오랜 세월이 지난 후, 총살형 집행대 앞에 선 아우렐리아노 부엔디아 대령은 아버지를 따라 얼음을 찾으러 갔던 아득히 먼 오후가 떠올랐다. (가브리엘 가르시아 마르케스,『백년의 고독』)"

"내 삶의 주인공이 나인지, 아니면 다른 사람인지는 이제부터 이야기를 읽어보면 분명히 알 수 있을 것이다. (찰스 디킨스,『데이비드 코퍼필드』)"

마르케스는 인물이 과거를 회상하는 모습으로 이야기를 시작했다. 이렇게 하면 처음부터 강렬한 인상이 남기는 하지만, 큰 위험이 따른다. 결과적으로 자체 스포일러가 되기 때문이다. 독자는 첫 문장을 읽고 앞으로 벌어질 일을 예상하게 된다. 그럼에도 마르케스는 빙판 위에서 스케이트를 타던 어린아이가 어쩌다 총살대 앞에 선 대령이 되는

지 궁금해지는 마음에 기대어 이야기를 풀
어낸다.

- 시적임

"롤리타, 내 삶의 빛, 내 허리춤의 불꽃.
(Lolita, light of my life, fire of my loins. 블라디미르 나보
코프, 『롤리타』)"

"태양이 새로울 것 하나 없는 세상을, 어쩔
도리 없이, 환히 비췄다. (사뮈엘 베케트, 『머피』)"

"12살이 되어 내 이름을 짓는 날 창을 들
고 야생 수돼지를 주겠다. 아마 번들 다운
스의 마지막 야생 돼지여쓸 텐데… (러셀 호
번, 『Riddley Walker리들리 워커』)"

네 번째 유형의 세 가지 예시는 운율이 느
껴지게 하거나 특이한 어투를 활용해 독자
를 단번에 사로잡아 이야기 속 세계로 깊숙
이 끌어들인다.

- 극적임

"문제가 생기면 똘똘 뭉치라길래 백인들은 정말 한편으로 뭉쳤다. (진 리스, 『광막한 사르가소 바다』)"

"틀림없이 누군가 요제프 K.에게 모함을 씌웠다. 어느 날 아침 딱히 잘못한 일도 없는데 체포당했기 때문이다. (프란츠 카프카, 『심판』)"

진 리스는 문제가 생길지도 모를 분위기로 운을 띄워서, 작품 속에 맴도는 여러 인종 간의 긴장감을 드러낸다. 카프카는 이야기를 천천히 발전시키기보다는 사건 한가운데 독자를 뚝 떨어뜨려 놓는다. 98쪽의 인 미디어 레스 기법을 활용한 예시이기도 하다.

- 속담 및 격언

"행복한 가족은 다 비슷비슷한 모양으로 행복하고, 불행한 가족은 각기 다른 이유로 불행하다. (레프 톨스토이, 『안나 카레니나』)"

"남자가 재산이 상당히 있는데 결혼하지 않았다면 신붓감을 찾는 중이라고 생각하기 마련이다. (제인 오스틴, 『오만과 편견』)"

19세기 작가들이 특히 이 여섯 번째 유형으로 첫 문장을 많이 썼다. 이러한 첫 문장은 의미가 모호할 때도 많지만, 구성이 잘 되어 있기도 해서 배경을 설명하는 데 도움이 된다. 또한 작품의 중심 주제 한 가지를 명확히 드러냄으로써 소설의 전반적인 틀을 잡고 복선의 역할을 하기도 한다.

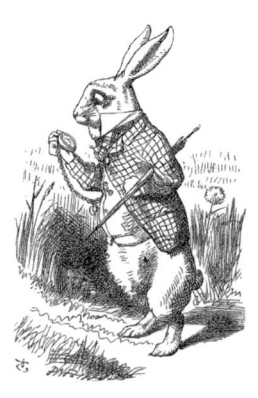

멋진 결말

오래오래 행복하게 살았답니다. 아마도?

이야기가 끝나는 순간은 중요하다. 독자는 깔끔한 마무리나 통찰력 있는 끝맺음, 생각을 자극하는 열린 결말 등을 기대한다. 결말은 주로 다섯 가지 유형이 있다. 아래의 예시를 살펴보자.

- 낙천적

"어쨌거나 내일은 또 다른 태양이 뜨니까. (마거릿 미첼, 『바람과 함께 사라지다』)"

"사람들의 눈과 얼굴이 전부 나를 향했다. 나는 마법의 실을 따라가듯 그들에게 이끌려 방 안으로 들어갔다. (실비아 플라스, 『벨 자』)"

- 받아들임

"그가 알았던 것과 그가 믿으려고 했던 것

사이에는 빈 공간이 있었지만, 어떻게 손
쓸 도리가 없었다. 해결하지 못한다면 견
뎌내야 한다. (애니 프루, 『브로크백 마운틴』)"

• 얼룩진 긍정
"그녀는 조용히 흐느껴 울기 시작했다. 오
데니보는 두 팔로 그녀를 안았다. (치마만다
응고지 아디치에, 『절반의 태양』)"

• 애매모호함 혹은 열린 결말
"'질문 있으신가요?' (마거릿 애트우드, 『시녀 이
야기』)"

• 부정적
"그는 빅 브라더를 사랑했다. (조지 오웰,
『1984』)"

아마 지금까지 세상에 나온 마지막 문장 중

에서 『위대한 개츠비』의 마지막 문장이 가장 멋지지 않을까 싶다. 하나의 문장으로 위의 다섯 가지 유형을 전부 아우르기 때문이다.

"그렇게 우리는 물의 흐름을 거스르는 배처럼 과거로, 또 과거로 하염없이 밀려나면서도 앞으로, 또 앞으로 나아간다. (F. 스콧 피츠제럴드, 『위대한 개츠비』)"

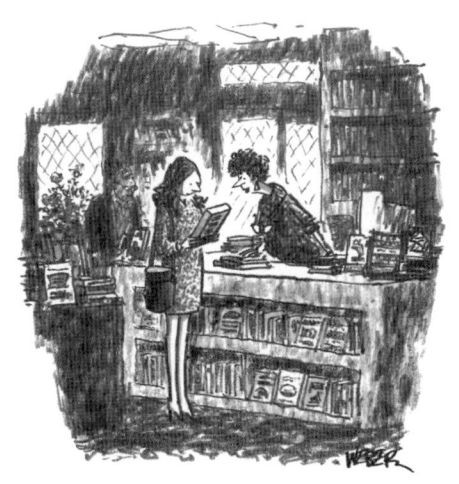

"상실과 구원, 환상적인 사랑에 관한 소설이에요."

주요 참고도서

아리스토텔레스, 『시학』

존 요크, 『영화·드라마의 숲속으로』

스티븐 킹, 『유혹하는 글쓰기』

호라티우스, 『시학』

노드롭 프라이, 『비평의 해부』

시드 필드, 『시나리오란 무엇인가』

블라디미르 프로프, 『민담 형태론』

조지프 캠벨, 『영웅의 여정』

크리스토퍼 보글러, 『신화, 영웅 그리고 시
나리오 쓰기』

크리스토퍼 부커(Christopher Booker), 『The Seven
Basic Plots일곱 가지 기본 플롯』

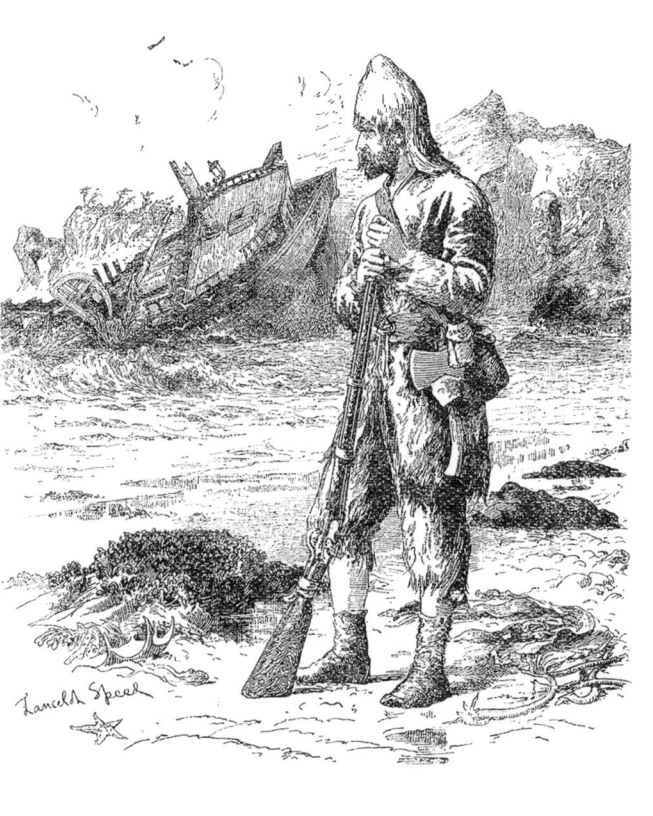

Lancelt Speed

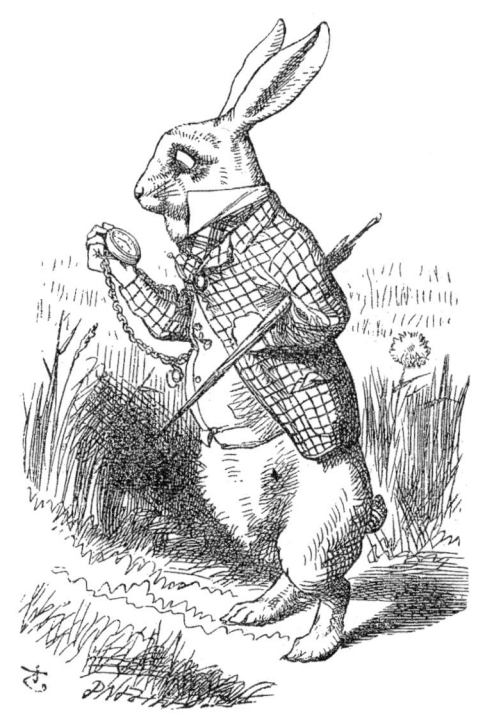

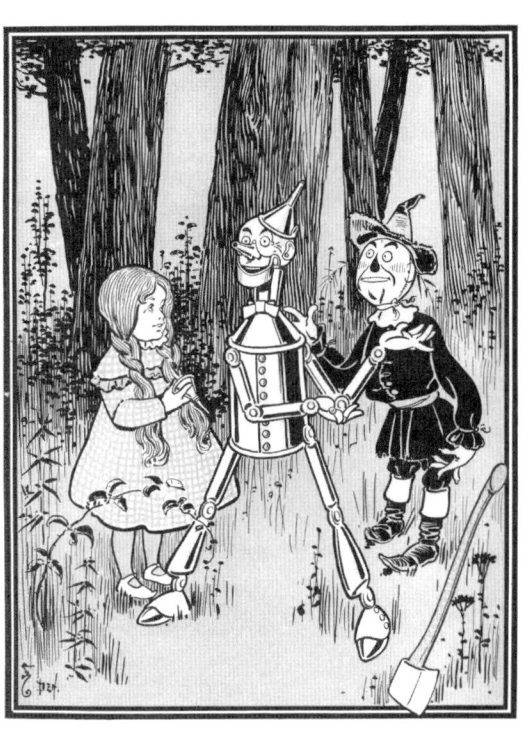

Plot: The Art of Story by Amy Jones

Copyright © Wooden Books Limited 2021.
All rights reserved.
Korean translation copyright © 2024 by Korean Studies Information Co., Ltd.
Published by arrangement with Alexian Limited.

이 책의 한국어판 저작권은 저작권자와의 독점계약으로 한국학술정보(주)가 소유합니다.
신저작권법에 의하여 한국 내에서 보호를 받는 저작물이므로 무단전재 및 복제를 금합니다.

플롯: 이야기의 기술

초판인쇄 2024년 7월 31일
초판 3쇄 2024년 12월 31일

지은이 에이미 존스
옮긴이 안지아
발행인 채종준

출판총괄 박능원
국제업무 채보라
책임편집 박민지
디자인 서혜선
마케팅 전예리 · 조희진 · 안영은
전자책 정담자리

브랜드 드루
주소 경기도 파주시 회동길 230(문발동)
투고문의 ksibook13@kstudy.com

발행처 한국학술정보(주)
출판신고 2003년 9월 25일 제406-2003-000012호
인쇄 북토리

ISBN 979-11-7217-375-3 02800

드루는 한국학술정보(주)의 지식 · 교양도서 출판 브랜드입니다.
세상의 모든 지식을 두루두루 모아 독자에게 내보인다는 뜻을 담았습니다.
지적인 호기심을 해결하고 생각에 깊이를 더할 수 있도록, 보다 가치 있는 책을 만들고자 합니다.